Michael
Leuchtenberger

DIE EMPFÄNGER

Das Buch

Die Empfänger ist der zweite Erzählband von Michael Leuchtenberger. Noch stärker als im Vorgänger *Derrière La Porte* nimmt er darin Momente unter die Lupe, in denen das Alltägliche auf das Unfassbare trifft. Daraus entstehen oft gruselige, manchmal aber auch nachdenkliche oder kuriose Geschichten.

Der Autor

Michael Leuchtenberger fühlt sich in rätselhaften Kurzgeschichten und Romanen zu Hause. Er liebt es unheimlich, probiert aber gerne verschiedene Genres aus. Seinen Debütroman, den geisterhaften Thriller *Caspars Schatten*, veröffentlichte er 2018. 2019 gewann Michael Leuchtenberger mit der Kurzgeschichte *Lampionfest* den Schreibwettbewerb *Zeitgeist 2020* von Litopian e.V. Im gleichen Jahr veröffentlichte er mit *Derrière La Porte – elf sonderbare Kurzgeschichten* seinen ersten Erzählband. 2021 erschien mit *Pfad ins Dunkel* sein zweiter Roman.

Geboren wurde Michael Leuchtenberger 1979 in Bremen. Er studierte Germanistik und Anglistik mit Schwerpunkt Literaturwissenschaft in Oldenburg und Kingston-on-Thames und war anschließend einige Jahre als Redakteur in Hamburg tätig.

MICHAEL
LEUCHTENBERGER

DIE EMPFÄNGER

Bibliographische Information der Deutschen Nationalbibliothek:
Die Deutsche Nationalbibliothek verzeichnet diese Publikation
in der Deutschen Nationalbibliografie; detaillierte bibliografische
Daten sind im Internet über dnb.dnb.de abrufbar.

© 2023 Michael Leuchtenberger
1. Auflage

Umschlaggestaltung: François Entringer
Lektorat: Elyseo da Silva
(außer Wo ist Lex?, Exponat 55a, Die Kapsel)
Buchsatz: Catherine Strefford / CS Buchdesign

Herstellung und Verlag: BoD – Books on Demand, Norderstedt

ISBN: 978-3-7578-1483-0

Das Buch enthält Trigger-Hinweise
auf der letzten Seite gegenüber der Deckelinnenseite.

Inhaltsverzeichnis

Am Ypsilon links

Du weißt ja, am Ypsilon immer nur rechts!«, sagte Tante Sabine und bückte sich wieder zu ihrem Kräuterbeet.

Seit Lukas zu Besuch war, hatte sie das jeden Tag mindestens einmal gesagt, als wäre er noch ein Kleinkind oder schon so vergesslich wie Oma Ingrid.

Es war noch heißer als am Tag zuvor. Er würde – natürlich – an der Weggabelung nach rechts gehen, wie immer, und dann bei seinem neuen Freund Marvin klingeln. Der hatte schließlich das Freibad vorgeschlagen.

Lukas lief am Straßenrand im Schatten der Bäume. Von hinten rollte ein Trecker heran.

In der Tasche seiner Shorts vibrierte es. Er holte das Handy hervor. Sprachnachricht von Marvin.

»Du, tut mir echt leid«, verstand Lukas gerade so, während der Trecker vorbeiratterte, »wir kriegen heute Besuch. Hatte ich vergessen. Mama will, dass ich hierbleibe. Wir machen das mit dem Freibad morgen, okay?« Nach einer Pause folgte noch ein genervtes »Bis dann.«

Lukas blieb stehen und verdrehte die Augen.

Und jetzt?

Nicht mehr weit entfernt lag das Ypsilon. Der Weg rechts war öde, führte zwischen Äckern zum nächsten Dorf. Was sollte er da allein?

Er lief auf die Stelle zu, an der sich die Wege gabelten.

Zwischen beiden stand ein großer Baum, in dessen Schatten eine Holzbank, von der aus man weit die Straße hinuntersah.

Die Abzweigung links führte in den Wald, in dem Lukas noch nie gewesen war. Er wusste noch nicht mal, wie groß er war.

Bevor die Langeweile ihn wütend machte, wollte er wenigstens ein kleines Stück der unbekannten Straße folgen. Warum sollte man sie nicht betreten dürfen? Wenigstens bis zum Waldrand!

Der war allerdings sehr schnell erreicht. Im Schatten der Bäume ging die schmale, geteerte Straße in einen Feldweg über. Daneben warnte ein schiefes Holzschild:

PRIVATWEG
DURCHFAHRT VERBOTEN!

Na also! Die *Durchfahrt* war verboten. Aber er fuhr ja nicht. Er ging spazieren.

In einem leichten Bogen führte der Weg in den Wald. Nichts war zu hören außer dem Knirschen des sandigen Bodens unter Lukas' Turnschuhen.

Hinter einer weiteren Kurve wichen die Bäume zurück. Ein Stück vom Weg entfernt stand ein Haus. Seine Wände waren von Efeu überwuchert, das Dach moosig. Der Holzzaun vor den mannshohen Brombeerbüschen im Garten hatte an mehreren Stellen nachgegeben.

Auf einer Bank neben dem Eingang saß ein Mädchen. Sie ließ ihre Füße baumeln und beobachtete Lukas, während der sich langsam näherte.

»Hallo«, sagte sie, ohne zu lächeln, aber auch nicht feindselig.

»Hallo.«

»Wer bist du?«

»Lukas, und du?«

»Lisa.« Jetzt lächelte sie. »Lukas und Lisa, das sind zwei L!«

»Stimmt«, antwortete Lukas. »Ich bin vorher noch nie am Ypsilon links abgebogen.«

Er wusste selbst nicht so richtig, warum er das sagte.

Lisa lachte. »Welches Ypsilon denn?«

»Na die Kreuzung da hinten. Sieht ja aus wie der Buchstabe.«

»Ach so.«

Einen Moment lang sahen sie sich nur an. Lukas überlegte, ob er wieder gehen sollte. Aber er hatte keine Lust, den ganzen Tag allein herumzulaufen.

»Ich war da noch nie«, sagte Lisa.

»Hm? Was meinst du?«

»Bei deinem Ypsilon. Aus dem Wald raus, meine ich.«

Lukas lachte, aber es blieb ihm ein wenig im Hals stecken. »Glaub ich dir nicht. Das ist doch gleich da vorne!«

»Nein! Ich kann da gar nicht hin. Also nicht alleine jedenfalls.«

»Ach so, lassen deine Eltern dich nicht? Aber zusammen wart ihr doch bestimmt schon oft da.«

Lisa sah zu Boden und schüttelte den Kopf.

Lukas kam sich immer noch veräppelt vor und wollte verschwinden. Da hob Lisa den Kopf und sah ihn ernst an. Ihr Gesicht kam ihm plötzlich älter vor, wie das einer erwachsenen Frau.

»Gehst du mit mir spazieren?«, fragte sie. Ohne Lukas' Antwort abzuwarten, sprang sie von ihrer Bank, nahm seine Hand und zog ihn mit sich.

✧

Sie nahmen einen Pfad, der hinter dem Haus zwischen die Kiefern führte. Ein Specht hämmerte hoch über ihnen. Lisa lief voran, hielt aber Lukas' Hand weiter fest.

Er dachte daran, dass er gar nicht hier sein durfte. Es schien ihm stundenlang her, dass er an der Weggabelung gestanden hatte und zum Wald abgebogen war. Wer hätte gedacht, dass er hier vielleicht eine neue Freundin finden würde?

»Wie alt bist du?«, fragte er.

»Sag ich nicht!«

Eine Weile liefen sie schweigend hintereinanderher. Der Pfad krümmte sich weiter nach links. Musste er nicht allmählich zurück zum Hauptweg führen?

»Wieso bist du hergekommen?«, fragte Lisa. »Es kommen fast nie Leute zu meinem Haus.«

»Hab' doch gesagt, ich bin den Weg auch noch nie gegangen. Aber heute war mir langweilig.«

Lisa drehte sich zu ihm um und grinste verschwörerisch.

Er grinste zurück. Eine seltsame neue Freundin hatte er da. Aber es war ein kleines Abenteuer. Genau das hatte er doch gewollt.

»Dann warst du auch noch nie im Freibad?«

»Nein, wie denn?«

»Wir können zusammen hin, morgen, mit meinem Kumpel Marvin.«

Lisa antwortete nicht.

Lukas hatte Mühe, mit ihr Schritt zu halten. »Wo willst du denn eigentlich hin?«

»Na einfach woanders hin!«, rief Lisa. »Mit dir!«

Eine Weile waren sie schweigend Hand in Hand gelaufen, als Lisa unvermittelt ins Gebüsch abbog. »Hier! Ich zeig dir was!«

Sie gingen langsamer, bogen dabei einige Zweige zur Seite. Dann standen sie auf einer kleinen Lichtung.

Lisa blickte stumm zu Boden. Der war überall mit Blumen bedeckt, ein Teppich aus saftig-dunkelgrünen Blättern und weißen Blüten. Ihr süßlicher und würziger Duft stieg Lukas in die Nase.

»Schön hier, oder?« Jetzt schaute Lisa in die Baumkronen, in den Himmel. Ihre Hand ließ Lukas fast los, doch ihre Fingerspitzen berührten seine noch immer.

»Ja. Danke, dass du mir das alles zeigst. Ich hätte viel früher herkommen sollen.«

Jetzt lächelte sie, für ein paar Sekunden sahen sie sich in die Augen. Doch dann zog Lisa ihn wieder mit sich, zurück durch die Büsche zum Pfad.

Dort wurde ihr Griff fester und sie lief noch schneller als zuvor.

»Warum rennst du so?«, rief Lukas. »Wo willst du denn jetzt hin?«

»Vielleicht zu deinem komischen Ypsilon!« Sie lachte schrill. »Oder noch weiter! Was kommt denn dahinter?«

»Na, ein Feld, ein paar Häuser, unser Haus auch und ...«

»Aha!«

»Jetzt komm schon, das musst du doch wissen! Ich glaub dir einfach nicht, dass du noch nie ...«

Lisa fuhr herum, die Stirn in Falten.

»Wie oft soll ich es dir denn sagen? Noch nie! Ich kann nicht raus!«

Lukas zuckte zurück, doch ihre Hand hielt seine so fest, dass es wehtat.

»Ist ja schon gut«, rief er. »Trotzdem kannst du mich jetzt loslassen.«

Doch sie zog ihn weiter.

Mit einem Mal war ihm alles klar. Kein Wunder, dass sie hier allein im Wald war. Sie war durchgedreht!

Plötzlich wollte Lukas gar nicht mehr hier sein. Sein kleines Abenteuer machte ihm keinen Spaß mehr. Er versuchte, sich von Lisa loszureißen, doch ihre Hand war wie ein Schraubstock.

»Du musst mitkommen!«, rief sie. »Jemand muss bei mir sein, sonst geht es nicht! Du kannst mich jetzt nicht im Stich lassen!«

»Was geht nicht? Du erzählst doch Quatsch!«

Zwischen den Bäumen konnte Lukas den Waldrand ausmachen. Im selben Augenblick begann Lisa zu rennen. Lukas wehrte sich, aber kam nicht frei. Sie war kleiner, doch schien sie viel stärker als er.

»Ich komme heraus!«, jauchzte sie.

Der Pfad führte auf den Weg, über den Lukas gekommen war. Er hatte ihn zuvor zwischen den Bäumen nicht entdeckt. Nur ein paar Schritte waren es bis zum Waldrand und dem Verbotsschild. Auf Höhe des Schildes blieb Lisa stehen. Sie sah Lukas mit großen Augen an, atmete schwer vor Aufregung. Alle Wut schien verflogen, aber sie sah auch nicht mehr wie ein Kind aus.

»Okay«, sagte Lukas, bemüht, ruhig zu klingen. »Ich zeige dir das Ypsilon, ja? Danach muss ich aber nach Hause.«

Lisa strahlte ihn an. »Danke!«

»Verrätst du mir dafür, wie alt du bist?«

Sie traten aus dem Schatten der Bäume.

»Viel älter als du.«

Plötzlich war da eine andere Stimme neben Lukas. Tiefer, rauer. Die Hand, die seine festhielt, war jetzt kalt wie Eis.

Als Lukas sich traute, hinzusehen, hielt er den Atem an.

Lisas Gesicht war kreideweiß, die Wangen hohl mit gräulichen Schatten.

Die grauen Lippen öffneten sich. »Keine Angst. Ich werde dir nichts tun.«

Lukas brachte nur ein Flüstern heraus. »Was willst du?«

»Sie besuchen.«

»Wen?«

»Alle, die wissen, dass ich die ganze Zeit dort im Wald war.«

Lisas Blick suchte die Umgebung ab. Dann sah sie Lukas wieder in die Augen und grinste. Es war eindeutig Lisas Grinsen, aber es lag keine Freude mehr darin. »Und du wirst mich zu ihnen führen.«

Diese kleine, gemeine Geschichte wurde beim SpaceNet Award 2022 unter die 30 besten gewählt und im dazugehörigen Printbuch veröffentlicht. Das Thema lautete schlicht »Y«. Weil es so offen war, hatte ich sofort Lust, mitzumachen und eine Gruselgeschichte beizutragen. Für Die Empfänger *wurde der Text leicht überarbeitet, diese Fassung hier ist etwas länger.*

Wo ist Lex?

L angsam!«, rief Kendra. »Das ist die Einfahrt!«
Moritz bremste scharf.

Stadt der verlorenen Seelen stand in weißer Schrift auf dem schwarzen Schild. An der schmalen Landstraße zwischen Wald und Feld wirkte es wie ein Fremdkörper.

Moritz konnte es kaum erwarten. »Echt, Leute«, sagte er und bog auf den Parkplatz ein. »Geiles Geschenk!«

»Das hoffe ich«, rief Titus von der Rückbank. »Das Ticket war teuer genug und für deines mussten wir schließlich auch noch blechen!«

Kendra lachte. »Och, Titus, sowas sagt ein bester Kumpel doch nicht dem Geburtstagskind!«

Moritz parkte den alten Volvo im Schatten.

»Lass mal«, sagte er. »Ich weiß es zu schätzen! Und ihr werdet hoffentlich auch auf eure Kosten kommen.«

Er nahm Kendras Rollstuhl aus dem Kofferraum und half seiner Freundin hinein.

Die ließ ihren Blick über den Parkplatz streifen.

»Nicht gerade viel los hier.«

Moritz und Titus nahmen die Rucksäcke und folgten Kendra zum Eingang.

Ein bärtiger Typ scannte ihre QR-Codes. »Ein Geburtstag mit Stil! Meinen Glückwunsch!«

Er war Herr über einen Container, den jeder passieren musste, der in die *Stadt der verlorenen Seelen* wollte.

»Ihr habt alles? Warme Kleidung, Schlafsäcke, ...?«

Sie nickten.

»Gut. Wie ihr auf euren Tickets seht, lautet euer Auftrag: Wo ist Lex?«

»Und wer ist Lex?«, fragte Moritz.

»Lex Morgan ist ein junger Mensch mit einer schwierigen Vergangenheit. Taucht immer wieder wochenlang unter. Seine Familie hat euch engagiert, um Lex in der *Stadt der verlorenen Seelen* zu finden. Ihr habt bis morgen Mittag 12 Uhr Zeit.«

»Na herrlich«, sagte Kendra. Moritz knuffte sie.

»Von mir bekommt ihr noch einen Assistenten.«

Der Bartträger griff ins Regal und hielt Moritz ein flaches, schwarzes Gerät hin, etwas größer als ein Smartphone.

»Das ist Neil. Er navigiert euch durch die Stadt. Ihr könnt darauf aber auch angerufen werden. Vielleicht werden die Morgans nach dem Stand der Ermittlungen fragen. Neil kann nicht online gehen und keine Nachrichten versenden. Telefonieren nur im Notfall. Das Mobilfunknetz in der Stadt ist sehr schlecht. Aber keine Sorge, ihr geht nicht verloren. Mit Neil findet ihr alles, was ihr braucht: Verpflegung, Schlafplätze ... Die Karte ist selbsterklärend. Fragen?«

Sie schüttelten die Köpfe.

»Dann mal los. Viel Spaß!«

✧

Kendra rollte den Kiesweg durch lichten Wald hinab, Moritz und Titus folgten ihr.

»Das soll eine Stadt sein?«, rief sie.

Doch dann lugten zu beiden Seiten halb verfallene Backsteingebäude hervor.

Ein dürrer, alter Mann kam ihnen auf einem Fahrrad entgegen und starrte sie unverhohlen an. Ihre Grüße erwiderte er nicht.

»Die Schauspieler sind schon mal super«, sagte Moritz.

Irgendwo rumpelte es, als würde in der Ferne ein Güterzug rollen.

Titus zeigte zwischen die Bäume. »Guckt mal. Das war wirklich mal eine Stadt!«

Tatsächlich waren nun noch mehr alte Mauern zu sehen, die zu beiden Seiten aufragten.

»Verschaffen wir uns erstmal einen Überblick«, sagte Moritz und schaltete Neil ein.

Düstere Umrisse von Ruinen im Wald erschienen als Startbildschirm.

»Guten Tag. Mein Name ist Neil. Wie ich sehe, haben Sie die *Stadt der verlorenen Seelen* betreten. Ich wünsche Ihnen viel Erfolg auf Ihrer Mission, wie aussichtslos und gefährlich sie auch sein mag.«

Das musste ein Schauspieler eingesprochen haben, dachte Moritz. Einer, der Neil gekonnt einen förmlich-arroganten Tonfall verliehen hatte.

»Dann zeig uns doch mal deine Karte«, bat Kendra.

Moritz hielt ihr das Gerät hin und stellte sich zusammen mit Titus hinter sie. Das Display zeigte Wege und eckige Formen von Gebäuden zwischen grünen Flächen. Ein rot pulsierender Punkt markierte ihren Standort. Unregelmäßig verteilten sich Symbole über die Karte: verschiedenfarbige Kreise, Quadrate, Dreiecke. Aber weder Ortsnamen noch eine Legende. Eine blaue Linie mochte ein Gewässer darstellen.

Kendra verzog das Gesicht. »Das nennen die selbsterklärend?«

In der Ferne polterte es wieder laut.

»Ist das Gebäude vor uns irgendwie markiert?«, fragte Titus.

»Nein«, antwortete Moritz. »Die Symbole heißen bestimmt, dass wir dort Hinweise auf diesen Lex finden. Wie bei einer Schnitzeljagd.«

Ein Schrei gellte hinter ihnen. Sie fuhren herum.

Auch das Gebäude auf jener Seite bestand aus roten Ziegeln. Die Stufen zum Eingang waren teilweise überwuchert und abgebröckelt, aber es führte auch eine Rampe hinauf.

»Los, wir gehen nachsehen«, sagte Kendra.

Moritz schob die rostige Tür auf, die keine Scheiben mehr hatte. Sie folgten ihm hinein. Das Erdgeschoss war nichts als ein großer, leerer Saal. Hier und da lag Schutt herum, der Wind strich durch ebenfalls fensterlose Öffnungen.

Von oben hörten sie undeutlich Stimmen.

»Da hinten geht's rauf«, sagte Kendra und rollte voran, wobei sie dem Schutt ausweichen musste.

Moritz sah die Treppe in der Ecke. »Ja, aber du ...«

»Da ist ein Fahrstuhl«, rief Kendra.

Tatsächlich versteckte sich ein Lift hinter der Treppe. Er war entweder schon immer dort gewesen oder jemand hatte die Metalltüren so bearbeitet, dass sie sich in das heruntergekommene Ambiente einfügten.

Moritz begleitete seine Freundin im Fahrstuhl, Titus sprintete die Treppe hinauf.

Oben zweigten Türen von einem langen Gang ab, die meisten verschlossen. Hinter anderen fanden sie leere Zimmer, hier und da alte Büromöbel. In vielen Ecken hatten Pflanzen zu wuchern begonnen.

Plötzlich stürzte am anderen Ende jemand schreiend auf den Gang. Der junge Mann mit schulterlangen Haaren sah sie, hielt inne und brüllte: »Verschwindet! Solange ihr könnt, haut ab!«

Er kletterte aus der Fensteröffnung am Ende des Ganges.

»Hey, warte mal!«, rief Moritz. »Bist du Lex?«

Doch der Typ war schon verschwunden.

Titus schmunzelte. »Ziemlich dramatischer Auftritt.«

»Ist er gesprungen?«, rief Kendra.

Sie eilten hin, sahen hinaus, aber dort war niemand mehr.

Stattdessen donnerte es wieder, diesmal näher.

»Was ist das immer für ein Geräusch?«, fragte Titus.

Moritz zuckte mit den Schultern. »Klingt nach einer großen Baustelle. Oder als würde etwas Schweres verladen.«

Kendra rollte in den Raum, aus dem der Mann gekommen war. »Wovor ist er weggelaufen? Hier ist niemand.«

Sie untersuchten das Zimmer. Ein leerer Schreibtisch, an der Wand ein blinder Spiegel mit einem Sprung quer durch die Mitte.

»Und wohin würde er flüchten?«, fragte Titus.

»Woher sollen wir das wissen?«, gab Moritz zurück. »Wir kennen ihn doch gar nicht.«

Kendra zog eine Schublade auf und sah hinein, aber schloss sie gleich wieder. »Hier muss es einen Hinweis geben.«

Aus Moritz' Hand ertönte ein Brummen.

Moritz tippte auf Neils leuchtendes Display.

»Hallo?« Diesmal tönte nicht Neils Stimme aus dem Gerät, sondern die einer Frau.

»Hallo«, antwortete Moritz.

»Haben Sie ihn gefunden?«

»Sie meinen Lex?«

»Was für eine Frage ist das? Natürlich meine ich meinen Sohn! Für das Geld, das wir Ihnen zahlen, will ich solch dämliche Fragen nicht hören!«

Kendra beugte sich hinüber. »Gute Frau, wenn Sie uns einen Tipp geben könnten, was Lex vielleicht vorhatte oder mit wem er ...«

»Als ob wir nicht längst alles selbst überprüft hätten!«, keifte die Frau. Dann seufzte sie. »Aber da ist noch diese Sophie. Sie spricht nicht mit uns.«

»Wer ist das? Wo finden wir die?«

»Das fragen Sie mich? Sie sind die Detektive! Sophie arbei... Kino ... kann sein, dass ... gesprochen hat. Sehen Sie zu, dass Sie ...«

Das Gerät gab nur noch Knistern von sich, dann erlosch das Display.

Die drei sahen sich an.

»Wo soll es hier ein Kino geben?«, fragte Kendra. »Das ergibt keinen Sinn. Ein seltsames Spiel.«

Neil zeigte ihnen die Karte, Moritz deutete mit dem Zeigefinger auf eine Stelle am linken Rand. »Der Stern da. Wenn es hier irgendwo ein Kino gibt, ist es das.«

Titus runzelte die Stirn.

»Na, wegen Stars!«, rief Moritz. »Hollywood? Walk of Fame?«

»Hey, Neil«, sagte Kendra. »Wo gibt's hier ein Kino?«

Moritz hatte nicht mit einer Antwort gerechnet. Doch die kam prompt.

»Bedaure. Wie Mrs Morgan richtig bemerkt hat, sind *Sie* hier als Detektive engagiert.«

Titus seufzte. »Okay. Sehen wir nach, was der Stern bedeutet.«

»Warum ist Neil überhaupt eine KI?«, fragte Kendra, als sie vorbei an weiteren Ruinen in die Stadt vordrangen. »Wenn wir die Karte selbst deuten müssen und er uns auch sonst nicht hilft, hätten sie uns auch einen Faltplan geben können, wie früher.«

Moritz klebte am Display. »Ich glaube, wir müssen ...«

Das dumpfe Poltern ertönte wieder. Die Erde erzitterte. Alle sahen sich um.

»Etwas unheimlich ist das schon«, sagte Titus. »Es hat bestimmt eine Bedeutung für das Spiel. Sollen wir dem Geräusch nachgehen?«

Ein junges Pärchen lief hastig an ihnen vorbei und warf ihnen verstohlene Blicke zu.

Titus hob eine Hand. »Entschuldigung, dürfen wir euch was fragen?«

Die zwei liefen weiter, drehten sich nicht einmal um.

Moritz versuchte wieder, sich anhand der Karte zu orientieren. »Das gibt's doch nicht. Der Stern war eben noch geradeaus vor uns. Jetzt sieht es aus, als müssten wir Richtung Fluss abbiegen. Wenn das Blaue ein Fluss ist.«

»Neil«, rief Kendra. »Deine Karte ist großer Mist!«

Titus lachte. »Und er ist ein eingebildeter Schnösel!«

Das Navi ignorierte die Beleidigung.

Der Weg führte unter einem verrosteten Kran hindurch, danach wies Moritz sie an, eine Abzweigung nach links zu nehmen. Die führte in eine Gasse zwischen zwei hohen Gebäuden. Deren Mauerwerk war fast überall intakt, doch es gab beiderseits nur wenige, kleine Fenster und keine Eingänge.

»Hat was von einem Gefängnis«, sagte Titus.

Mit einem Mal krachte es so laut, dass sie sich die Ohren zuhielten. Am Fuß der linken Mauer staubte es heftig auf. Binnen Sekunden füllte sich die Gasse mit aufgewirbeltem Dreck.

»Wow, Special Effects!«, rief Moritz. »Die lassen sich hier echt was einfallen.«

Sie näherten sich der Stelle und sahen langsam wieder klarer.

Kendra beugte sich vor. »Die Öffnung in der Wand, die war da vorher nicht.«

Tatsächlich führte nun ein dunkler Gang nach links, gerade breit genug, um hindurchzugehen.

»Da sollen wir rein?«, fragte Titus.

»Klar«, entgegnete Moritz. »Wozu das Ganze sonst?«

»Was sagt Neils Karte?«

»Zeigt den Gang jetzt auch an. Der Stern liegt am anderen Ende. Kendra, passt der Rollstuhl durch?«

Sie rollte nach vorn. Im Gang blieben zu beiden Seiten ihrer Armlehnen wenige Zentimeter Platz. Moritz und Titus folgten ihr.

Moritz prüfte auf Neils Karte, wie schnell sie sich dem Stern näherten. »Wartet mal. Seht euch das an.«

Er hielt das Display so, dass alle sehen konnten.

»Die Karte bewegt sich«, stellte Titus fest.

Hinter ihnen dröhnte es.

Die Wand, hinter der sich der Gang verbarg, schloss sich wieder.

»Irre!«, rief Moritz. »Die Stadt lebt!«

»Unsinn!«, meldete sich Neil. »Ziegelsteine, Beton und Stahl leben nicht. Sie sind einfach Material.«

»Schön, dass du noch da bist, Neil«, sagte Titus. »Ist das nun der Weg zum Kino?«

»Diese Fragerei! Seid ihr drei helle Köpfe oder nicht? Habt ihr gar keine Lust zu spielen?«

Die Stimme aus dem Navi lachte laut. Im selben Moment wurde der Gang auf der Karte kürzer – und die Wand am schmalen Ende kam mit einem scheußlich schabenden Geräusch näher. Als sie stehen blieb, zog sich die rechte Mauer zurück und gab einen weiteren Weg frei.

»Großartig«, sagte Moritz und lief hinein, Kendra und Titus folgten. »Welch ein Aufwand, und alles nur für uns!«

Sie kamen an eine Flügeltür, scheibenlos wie alle Türen dieser Stadt. Dahinter lag ein großer Saal mit mindestens dreißig Sitzreihen, von denen man auf einen dunkelroten Vorhang blickte. Die staubigen Kinosessel verteilten sich auf breite Stufen, die zum Vorhang hinabführten. Davor hing ein Kronleuchter von der Decke, dessen Glas längst nicht mehr funkelte.

Titus lief die Stufen hinab. »Alle Achtung, Moritz! Der Stern war ein Volltreffer.«

»Aber wo finden wir Sophie?«, fragte Kendra.

»Hier ist niemand«, antwortete Moritz. »Vielleicht im Vorführraum oder ...«

»Warum so ungeduldig?«, unterbrach ihn Neil. »Gute Detektive – ich hatte ja längst Zweifel, dass ihr das seid – nehmen sich an wichtigen Orten Zeit und sehen sich um.«

»Schau an«, sagte Titus. »Plötzlich so hilfsbereit.«

Er und Moritz streiften durch die Sesselreihen, ohne irgendetwas Ungewöhnliches zu entdecken. Etwas quietschte. In einer der dunklen Ecken neben dem Vorhang öffnete sich eine Tür. Eine kleine Gestalt mit kurzen Haaren trat zögernd in den Saal. Moritz und Titus näherten sich ihr, Kendra blieb in ihrem Rollstuhl weiter oben beim Eingang.

Die junge Frau sah sie nacheinander an, dann wanderte ihr Blick durch den Saal, als würde sie etwas suchen. »Seid ihr ... die Detektive?«

»Ja«, sagte Moritz. »Bist du Sophie?«

»Ja. Also ... Doch, ja.«

»Dann kennst du Lex?«

Sophie antwortete nicht, stattdessen fuhr wieder ihr Kopf herum, als fürchtete sie, verfolgt zu werden.

»Ist Lex hier irgendwo?«, fragte Titus.

Sophie zögerte. »Ihr werdet es mir vielleicht nicht glauben, aber ... hier ist heute irgendwas ... nicht in Ordnung. Mit der Stadt, meine ich.«

Moritz, Kendra und Titus sahen sich an. Wer hatte eine Idee, wie man Sophie weiter befragen konnte?

Titus machte den Anfang. »Werdet ihr bedroht, Lex und du?«

»Ich ... Ja, so fühlt sich das heute an. Ich meine nicht das Spiel! Hört zu. Mein richtiger Name ist Ada. Und hier läuft heute einiges anders als sonst.«

Moritz drehte sich von ihr weg, sah erst Titus, denn Kendra an. »Das gehört doch zum Spiel, oder?«

»Wenn, dann wird sie es uns kaum verraten«, sagte Kendra, und an Sophie gewandt: »Was genau meinst du?«

»Alles spielt verrückt, die Räume, die Häuser ... Ich war vorhin eingesperrt und wäre fast ...«

»Hört nicht auf sie!«, rief Neil barsch. »Lasst sie einfach in Ruhe und geht woanders hin!«

»Was war das?«, fragte Sophie mit finsterer Stimme. »Wer hat da gesprochen?«

»Na, Neil!« Moritz hob die Hand, so dass Sophie das Display sehen konnte. »Unser so genanntes Navigationsgerät.«

»Das hat nicht so eine Stimme«, sagte Sophie. »Das gefällt mir nicht. Gebt das her!« Sie machte einen Schritt auf Moritz zu.

Im selben Moment knirschte und barst etwas über ihnen. Sophie sah erschrocken hinauf, aber bevor sie wussten, was geschah, war der Kronleuchter herabgesaust und zu Boden gekracht – direkt auf Sophie.

Die hatte nicht mal mehr schreien können. Jetzt lag sie auf dem Rücken, den Blick starr nach oben. Aus ihrem Mundwinkel rann Blut auf den zerschlissenen Kinoteppich.

»Scheiße, scheiße!«, rief Moritz.

Die anderen starrten Sophies leblosen Körper ungläubig an. Kendra hielt die Hand vor den Mund.

Titus lachte hysterisch auf und zeigte auf den Kronleuchter. »Das ... das kann doch nicht zum Spiel gehören. Oder etwa doch?«

»Spinnst du?«, schrie Moritz. »Du hast doch gesehen, wie sie von dem Ding erschlagen wurde! Das ist echtes Blut!«

Titus kniete sich hin und legte erst einen Finger an Sophies Hals, dann hielt er ihn dicht unter ihre Nase. »Kein Puls ... und sie atmet nicht. Sie ist tot!«

»Los, kommt«, rief Kendra. »Wir müssen dem Typen am Eingang Bescheid sagen. Aber der Empfang war draußen schlecht und hier drin können wir es vergessen.«

Moritz und Titus bewegten sich Richtung Tür. Eine Sekunde später begann der Boden unter ihnen zu zittern. Sie hatten zwischen dem Vorhang und der ersten Reihe gestanden – und die Sitze kamen plötzlich auf sie zu. Mit dem Geräusch von splitterndem Holz schob sich die unterste Stufe samt Stuhlreihe Richtung Leinwand, schneller, als sie sich in den Gang an der Seite retten konnten.

Moritz und Titus kletterten über die Sessel in die nächste Reihe. Währenddessen wurde der Kronleuchter zwischen der Stufe und der Leinwand hinter dem Vorhang eingeklemmt. Glas schepperte, Metallstreben quietschten.

Moritz versuchte, nicht an die Leiche von Sophie – Ada – zu denken, die darunter lag.

Dafür hatte er auch gar keine Zeit, denn die hinteren Reihen schoben sich ebenfalls zusammen. Der ganze Kinosaal kam in Bewegung. Sie würden zwischen den Sitzen eingeklemmt werden und nie wieder entkommen.

Nein, das war längst kein Spiel mehr, dachte Moritz. Was war in dieser Stadt nur los?

»Moritz!«, schrie Kendra. »Hierher, schnell!«

Vor dem Ausgang konnte Kendra zwar nicht zwischen

Stühlen eingeklemmt werden. Doch auch die Stufe, auf der sie stand, schob sich vorwärts – und weg von der Tür.

Titus war dicht hinter Moritz. Wieder schafften sie es nicht aus ihrem Gang. Sie sprangen über die zweite Stuhlreihe. Immer mehr Sessel über ihnen gerieten knirschend in Bewegung, bis sich sogar die Rückwand des Saales mit einem tiefen Grollen zu nähern begann.

Hinter Kendra sprang die Tür auf.

»Alle raus hier, los, los!«, schrie der Typ, der sie offenhielt. Kendra hatte ihren Rollstuhl gedreht und fuhr hindurch.

»Moritz!«, schrie sie. »Wo bleibt ihr?«

Er und Titus waren endlich den Sitzreihen entkommen und hechteten zum Ausgang.

Unten im Saal schoben sich die Stufen krachend ineinander und gegen die Wand.

Moritz sah in die aufgerissenen Augen des Mannes an der Tür. Er sah schrecklich erschöpft aus. Er war es gewesen, den sie aus dem leeren Gebäude hatten fliehen sehen.

»Raus, raus!«, schrie der Mann. Die ersten Stufen hatten sich bereits vor die Tür geschoben, so dass sie diese gerade noch passieren konnten.

Draußen wartete Kendra. Im Saal hinter ihnen krachte und polterte es.

»Bist du Lex?«, fragte Titus.

Der Angesprochene sah sich hektisch um. »Alex ist mein Name.«

»Was ist denn hier los?«, rief Kendra. »Da drinnen ist eine Frau vor unseren Augen gestorben!«

Die vier eilten durch den Gang, der sie zum Kino geführt hatte.

Alex' Blick suchte die Mauern um sie herum ab. »Die Stadt ist aus den Fugen. Irgendwas kontrolliert sie und hat es auf uns abgesehen.«

Kaum hatte er das gesagt, bebte die Erde wieder. Staubwolken stiegen auf.

»Es ist ein großer Spaß!«, tönte eine Stimme, die sie fast vergessen hatten, aus Moritz' Hand.

Neil.

Er lachte aus voller Kehle.

Alex fuhr herum. »Wer ist das?«

Er riss Moritz das Gerät aus der Hand.

Beide starrten auf das Display. Die gesamte Karte, die gesamte Stadt war in Bewegung.

Titus rief von hinten: »Sophie hat Neils Stimme auch nicht erkannt! Was stimmt mit ihm denn nicht?«

»Es ist *er*!«, sagte Alex. »*Er* steuert das alles. Das muss es sein!«

Wieder zitterte der Boden. Dann schoben sich die Mauern zu beiden Seiten des Ganges aufeinander zu.

»Scheiße«, rief Kendra.

Alex schnappte sich die Griffe ihres Rollstuhls, alle eilten vorwärts. Doch der Weg war zu weit, der Gang zu schmal. Er schloss sich langsam, aber unerbittlich. Schon klemmte der Rollstuhl zwischen den Wänden.

In den Staubwolken sahen die vier einander nur noch schemenhaft.

Neils höhnisches Lachen schallte durch den Gang.

»Verdammt«, rief Moritz. »Wir werden hier verrecken!«

»Zerstör das Ding!« Kendras Stimme überschlug sich.

»Schnell!«

Moritz hob die Hand und schmiss das Navi mit aller Kraft zu Boden. Es prallte hoch und blieb ein paar Meter entfernt liegen.

Doch Neil lachte noch immer.

Moritz sah Titus an. Noch nie hatte er solche Angst im Gesicht seines besten Freundes gesehen.

Der Rollstuhl knirschte. Kendra wimmerte. Moritz hob sie heraus und stützte sie. Jetzt mussten sie sich seitwärts drehen, um den Mauern auszuweichen.

Alex sprang im Gang herum und schrie wie von Sinnen. Dazwischen das Lachen von Neil, seltsam heiser und abgehackt.

Moritz fühlte die sich nähernde Wand im Rücken. Nur noch wenige Zentimeter, schon würde die andere seine Fußspitze berühren.

O Gott, bitte nicht!

Heiße Tränen rannen ihm über das Gesicht. Er hielt Kendra umklammert. Stumm verkrampfte sie sich in seinem Arm.

Sie hörten Alex brüllen und toben. Er trampelte auf Neil herum. Bis dessen Lachen plötzlich erstarb.

Und dann war es vorbei.

Der Staub senkte sich, die Mauern standen still.

Dazwischen lag das zersplitterte Navigationsgerät.

Ein Krächzen drang heraus.

»Das war ... ein ... schönes ... Spiel ...«

Wo ist Lex? erschien erstmals 2022 in der Anthologie Hic Sunt Dracones –

Phantastische Reiseberichte, *herausgegeben von Roxane Bicker und Sarah Malhus. Ich habe mich sehr gefreut, dort etwas beitragen zu dürfen, das von klassischer Fantasy mit Drachen abweicht. Ein bisschen Inspiration kam möglicherweise von der großartigen Serie* Black Mirror.

Cosima

Schon seit 15 Uhr war Frieda Bauermeister allein. Die letzte Kollegin war gegangen und hatte ihr wie alle anderen zuvor ein »Schönes Wochenende!« zugeflötet.

Einerseits mochte Frieda die Ruhe. Andererseits zog sich jeder Freitagnachmittag in ihrem Büro am Rand des Campus wie warmer Käse.

Wenigstens konnte sie nun Ordnung schaffen. Sie sortierte einen Haufen Unterlagen von Studierenden aus und legte mit den verbliebenen Akten an. Genau die richtige Arbeit vor dem Wochenende.

Durch das gekippte Fenster drang Vogelgezwitscher. Ein Kollege aus dem Nachbargebäude lief draußen vorbei und winkte ihr zu.

Nach einer Stunde war der Aktenstapel so groß geworden, dass Frieda ihn gerade noch tragen konnte. Sie stopfte die aussortierten Unterlagen in den Behälter für Aktenvernichtung. Dann ging sie ins Nachbarbüro, wo die Akten alphabetisch in Ordner sortiert wurden.

Ackermann, Al-Abbas, Baumgarten.

Ein flüchtiger Blick auf den Nachnamen genügte; den passenden Ordner fand Frieda innerhalb von Sekunden, ebenso den richtigen Platz darin.

Brieselang, Celik, Chowdhury.

Fast nie achtete Frieda darauf, was der oben liegende Exmatrikulationsbescheid noch alles verriet, geschweige denn auf die Zeugniskopie darunter. Es war nicht ihre Aufgabe und der Berg räumte sich schließlich nicht von allein weg.

Do, Drießelmann, von Eckbert.

Geboren vor über 40 Jahren. Drei verschiedene Studiengänge, alle abgebrochen. Insgesamt 27 Semester. Exmatrikulation auf eigenen Antrag.

Manchmal fiel ihr so etwas doch auf. Jede einzelne der über tausend Akten in diesem Raum erzählte eine Lebensgeschichte. Es kam vor, dass Frieda mehr erfuhr, als sie wissen wollte. Urlaubssemester wegen schwerer Krankheiten. Und ja, auch der Tod war ein Exmatrikulationsgrund.

Faulhaber, Frey, Ghanemi.

Frieda zog den Ordner GAE-GRI aus dem obersten Regal. Er war besonders schwer, fiel ihr beinahe auf den Kopf. Sie schlug ihn auf und stöhnte. Irgendjemand hatte beim Einsortieren – wahrscheinlich ebenfalls kurz vor Feierabend – das Alphabet vergessen. Also erst alles neu ordnen, dann Ghanemi zwischen Getz und Ghannam einsortieren.

Hauenschild, Huong. Zweimal Jäger, Christin und Paul.

Aus Versehen hatte Frieda in Pauls Akte das Zeugnis nach oben geheftet. Bachelor Maschinenbau. Über den dreizeiligen Titel der Thesis musste sie lachen: eine Aneinanderreihung technischer Fachbegriffe, von denen ihr keiner etwas sagte. Aber Paul hatte gewusst, was er tat: Note 2,0. Christin hatte an der Fakultät für Soziales über den Zusammenhang von Suchterkrankungen und Traumata bei Straffälligen geschrieben. 1,3.

Kastner, Kowalenko, Lentschingsmeier.

Frieda hielt inne, bevor sie den Ordner LEE-LO aus dem Regal nahm.

Lentschingsmeier ... Natürlich, ihre ehemalige Schulkameradin Cosima hieß so! Und dort stand unter ›Vorname‹: Cosima Marthe. Genau diesen zweiten Namen trug doch auch ihre Freundin!

Cosima hatte hier studiert? Warum hatte sie das nicht gewusst? Gut, sie hatten sich seit Ewigkeiten weder gesehen noch gesprochen. Ausgeschlossen war es nicht. Das letzte Treffen war wohl auf dem Hurricane-Festival gewesen. Sechs Jahre her? Oder schon sieben?

Frieda prüfte weitere Daten. Cosima Marthe Lentschingsmeier hatte Medizintechnik studiert. Bachelor und Master. Alles in der Regelstudienzeit.

Cosima? Wirklich?

Sie waren ein paar Jahre zusammen zur Schule gegangen. Beide hatten sie Musik und Theater gemocht und vor allem in den Fremdsprachen ihre Punkte geholt.

Eine andere Zeile behauptete, Cosima Marthe Lentschingsmeier sei am 25. Juli 1986 in Koblenz zur Welt gekommen. Das war einfach falsch. Cosima war im Oktober 1984 geboren, im gleichen Jahr wie Frieda selbst. Und auf keinen Fall in Koblenz. Das war hunderte Kilometer weit weg. Nie hatte Cosima Koblenz auch nur erwähnt.

Auch wenn es vorkam, dass Daten im System der Hochschule durcheinandergerieten – irgendwas stimmte da ganz und gar nicht.

Frieda blätterte in der Akte, fand das Abiturzeugnis. Laut diesem hatte Cosima erst zwei Jahre nach Frieda ihr Abitur gemacht, ebenfalls in Koblenz. Mit 12 Punkten im Hauptfach Mathe.

Eine zweite Cosima Marthe Lentschingsmeier?

Das war es, was Frieda nicht glauben konnte. Ja, es gab immer wieder doppelte Namen und Verwechslungen an der Hochschule. Aber dann hießen die Betreffenden Max Müller oder Anna Schröder.

Frieda blätterte weiter. Warum fehlte die Ausweiskopie? Die musste normalerweise aufbewahrt werden. Auch auf den übrigen Papieren war kein Foto.

Sie holte ihr Smartphone aus der Hosentasche und googelte – zum ersten Mal überhaupt – den Namen der alten Freundin. Kein einziger Treffer. Unter ihrem echten Namen hatte Cosima weder Facebook noch Instagram, noch war sie sonst irgendwie online in Erscheinung getreten.

Nur widerwillig heftete Frieda die Akte ab und stellte den Ordner zurück. Aber einfach abhaken, das ging doch nicht. Hatte sie selbst etwas durcheinandergebracht? Den richtigen Namen der Freundin vergessen? Die Fragen nagten an ihr, während sie ihren Schreibtisch aufräumte, den Computer ausschaltete und sich anzog. In der U-Bahn fand sie Cosimas Kontakt in ihrem Handy und öffnete den Messenger, über den sie noch nie kommuniziert hatten. Warum eigentlich nicht?

Auch hier: kein Foto von Cosima. Ja, die Nummer war dort gespeichert. Aber vielleicht war es gar nicht mehr ihre? Einfach anrufen wollte sie auf keinen Fall.

Hallo Cosima, hier ist Frieda, tippte sie. *Das ist doch deine Nummer, oder?*

Sie ließ die Nachricht ungesendet. Ging einkaufen, machte sich etwas zu essen. Erst dann griff sie wieder zum Handy, tippte weiter, erklärte ausführlich, warum sie sich jetzt meldete, wie sehr sie sich wunderte ...

Nein. Sie wusste doch überhaupt nicht, wer das lesen würde.

Sie löschte die gesamte Nachricht wieder, machte sich einen Tee und schaltete den Fernseher ein. Es lief ein schwedischer Krimi, auf den sie sich nicht konzentrieren konnte.

Hatte sie irgendwo Fotos von Cosima? Briefe oder Postkarten? Frieda wühlte in ihren Schubladen und in einem Karton mit Krimskrams, fand aber nichts.

Schließlich fing sie eine neue Nachricht an: *Hallo, hier ist Frieda. Ist das Cosimas Nummer?*

Nicht mehr nachdenken. Einmal tippen, die Nachricht war draußen.

Ein Häkchen in grau. Dabei blieb es den ganzen Abend und auch den kommenden Tag.

Am Tag darauf hatte Frieda Cosima schon vergessen. Bis sie wieder im Büro vor dem Regal stand, um neue Akten einzusortieren. Ein Teil von ihr wollte gar nicht nachsehen, weil es so unglaublich war. Aber sie musste, nur um sicherzugehen, dass sie sich vor Müdigkeit nicht einfach verlesen hatte.

Da war sie wieder, schwarz auf weiß. Eine Cosima, die sie nie gekannt hatte.

Was von ihr übrig war, waren wenige Zettel in einem von zweihundert dicken Ordnern in einem Regal.

Nur noch das.

Cosima war nicht mehr in Friedas Leben, nicht einmal in ihrem Handy.

Frieda öffnete den Messenger. Kein zweiter Haken.
Sie löschte den Chat, danach den Kontakt.

Ein halbes Jahr später wurden die Ordner abgeholt und wie üblich in den Keller eines anderen Gebäudes gebracht, um Platz für neue Akten zu schaffen. Manchmal baten die Kolleginnen darum, alte Akten herauszusuchen, um etwas zu überprüfen.

Nach Cosima Marthe Lentschingsmeier fragte niemand mehr.

———

An manchen Geschichten arbeitet man wochen- oder monatelang, mit vielen Unterbrechungen. So war es auch bei einigen in diesem Buch. Und dann gibt es die, die an einem einzigen Vormittag entstehen. Zu denen gehört Cosima. Das sagt nichts über die Qualität der fertigen Texte. Aber wenn sie mit solcher Leichtigkeit geschrieben wurden, liegen sie mir meist besonders am Herzen.

Der Denunziant

Ich weiß noch genau, wie beeindruckt ich am Tag meines Vorstellungsgesprächs von dem alten Gebäude am Stadtrand war: ein Fachwerkhaus mit weiß gestrichenen Balken und roten Ziegeln. Hohe Kiefern bewachten die Einfahrt. Wo man einen Bioladen mit Hofcafé oder eine gediegene Anwaltskanzlei erwartete, hatte sich ein Startup niedergelassen. Es hatte – nach eigenen Angaben – die intelligenteste Software für Übersetzung und Textanalyse weltweit entwickelt. Die ersten großen Kunden hatten angebissen und die Entscheidung, mir die Verantwortung für Marketing und PR zu übertragen, war schnell gefallen. Barbara und Henry, die beiden Manager, wurden mit diesen Aufgaben nicht allein fertig.

»Leider hat uns unser Geschäftspartner Zacharias verlassen, bevor es richtig losging«, verriet Barbara im Bewerbungsgespräch. Dabei lächelte sie ihren Kompagnon Henry unsicher an. »Er war unter uns dreien das Kommunikationsgenie.«

Henry nickte langsam, dann klatschte er in die Hände. »Aber dafür haben wir ja nun dich!«

Es war, als hätten die beiden nur auf mich ganz persönlich gewartet. Dazu dieser idyllische Ort, so anders als all die farblosen, anonymen Kästen, in denen ich zuvor gearbeitet hatte. Rundum ein Volltreffer!

An meinem ersten Tag führte Barbara mich herum. »Henry und ich bewohnen das obere Stockwerk und den

Anbau«, erklärte sie. »Wir wollten ein Zuhause schaffen, aber auch ein professionelles Umfeld für unser Team.«

Das dreistöckige Gebäude beherbergte antike Holzmöbel neben modernster technischer Infrastruktur. Mein eigener Arbeitsplatz lag neben der Tür zur Terrasse. Wenn ich von meinem Computer aufschaute, sah ich ins Grüne.

Die sieben Teammitglieder waren alle nicht älter als ich. Sie waren nicht unfreundlich, begrüßten mich aber auch nicht überschwänglich, sondern blieben hinter Bildschirmen in ihre Arbeit vertieft.

Meine Freude über den neuen Job begann sich erst zu trüben, als ich an den ersten Meetings teilnahm. Dabei fiel mir vor allem Barbaras und Henrys Verhalten auf. Oft fielen sie sich gegenseitig ins Wort. Ihrem Team stellten sie immer wieder dieselben Fragen, reagierten jedoch gereizt, wenn jemand ihnen eine stellte, mit der sie nicht gerechnet hatten.

Aber da hoffte ich noch, dass sich dies geben würde, je besser wir alle eingearbeitet waren.

Am Ende meiner ersten Woche erkundigte ich mich bei Henry nach bereits vorhandenem Werbematerial, aber der winkte ab: »Das muss sowieso alles neu.«

Ich beharrte: »Es könnte aber effizienter sein, nicht bei Null anzufangen.«

Er rollte mit den Augen und gab mir ein Zeichen, ihm zu folgen. In einem schmucklosen Gang, der zum privaten Teil des Hauses führte, schloss er eine Holztür auf und drückte auf einen Lichtschalter. Eine Glühbirne hing an einem Kabel von der Decke, dazwischen waren ein paar dunkelgraue Spinnweben in Bewegung geraten.

Henry blieb stehen.

Ich steckte den Kopf durch die Tür. Rechts führte eine schmale Treppe nach unten.

»Da unten im Keller findest du Regale«, sagte er. »Da haben wir alles hineingeräumt. Dachten, wir bräuchten den Kram nicht mehr.«

Er machte eine flüchtige Handbewegung, sein Blick sagte: Nun geh auch, hast es ja unbedingt gewollt.

Am Fuß der Stiege lag ein dunkler Gang.

»Henry, wo genau ...«, rief ich nach oben, doch da schloss mein Chef bereits die Kellertür.

Warum? Er war so unverschämt!

Zum Glück ertastete ich einen Lichtschalter. Auf beiden Seiten gab es weitere Gänge und Türen. Ich probierte einige davon, die meisten waren verriegelt. Hinter einer aber fand ich einen Raum mit Holzregalen, darauf zusammengerollte Plakate, Schilder und Flyer. In Stapeln von Visitenkarten las ich die Namen von Barbara, Henry und einigen mir bekannten Kollegen, aber auch von unbekannten, die das Unternehmen verlassen haben mussten. Unter ihnen auch der von Barbara erwähnte ehemalige Mitinhaber Zacharias.

Ein seltsamer Name.

Henry hatte recht, das Zeug war nicht zu gebrauchen. Ich

legte alles zurück ins Regal.

Im Augenwinkel nahm ich wahr, wie sich etwas an der Decke bewegte. Auf der grauen Oberfläche zwischen der Glühbirne und den Spinnweben in der Ecke bildeten sich rote Linien.

Was war das?

Aus den Linien formten sich Buchstaben, wie hastig, aber mit Nachdruck hingeschrieben.

Ich wich weiter zurück und blieb auf der Türschwelle stehen, bis der dunkelrote Schriftzug vollständig zu lesen war:

DEIN CHEF BESTIEHLT EUCH! Z.

Minutenlang starrte ich nach oben auf diese Buchstaben. Wartete mit klopfendem Herzen, ob noch mehr erscheinen würden. Stattdessen begann die Schrift schließlich, zu verblassen.

Selbst als die Striche längst verschwunden waren, stand ich noch eine ganze Weile ratlos da.

Wie in Trance begab ich mich letztlich zurück an meinen Arbeitsplatz, aber konnte mich dort auf nichts konzentrieren. Das blieb auch die folgenden Tage so.

Was steckte hinter der Botschaft an der Kellerdecke? Es musste doch ein Trick gewesen sein, aber wie hatte Z. das einfädeln können?

Abends in meinem Bett grübelte ich, starrte auch dort an die Decke. Konnte ich meinen Sinnen noch trauen?

Tagsüber im Büro beobachtete ich Henry. Wenn er tatsächlich ein Dieb war: Was genau war damit gemeint? Ja, er wirkte abwesend, war kurz angebunden, oft barsch. Doch mir fehlte ein konkreter Anhaltspunkt. Zahlte er uns zu wenig Gehalt? Oder stahl er am Ende Wertgegenstände aus unseren Taschen?

Von der Anschuldigung gegen Henry erzählte ich niemandem. Mehrmals stieg ich mit flauem Magen zurück in das Untergeschoss, doch mehr als eine Woche lang blieben meine Besuche vergeblich.

Stattdessen bekam ich mehrmals mit, wie Henry und Barbara sich stritten.

»Ich halte das nicht mehr aus«, sagte Henry einmal zu Barbara, als sie bei geöffneter Tür auf der Terrasse standen und ich von ihnen unbemerkt an meinen Schreibtisch zurückgekehrt war.

Weil ich mir die unheimliche Botschaft weiterhin nicht erklären konnte und ich mit meinen neuen Aufgaben mehr als ausgelastet war, wollte ich sie irgendwann einfach nur noch vergessen. Doch eines Abends – alle anderen waren schon gegangen – zog es mich noch einmal in den Keller.

Diesmal musste ich gar nicht nach unten gehen. Kaum hatte ich die Lampe über der Treppe eingeschaltet, da begannen sich große, rote Buchstaben an der Wand abzuzeichnen.

Ich hielt den Atem an.

Im ganzen Haus war es totenstill. Nach und nach tauchte ein Schriftzug auf, der sich bis hinunter in den Keller zog.

DEINE CHEFIN BELÄSTIGT IHRE MITARBEITER! Z.

Mir jagte ein Schauer über den Rücken. Aber so absurd es klingen mag – ich war gleichzeitig erleichtert. Denn das war doch der Beweis: Ich hatte mir die erste Botschaft nicht eingebildet!

Diesmal hatte ich mein Smartphone in der Hosentasche. Meine Hand zitterte, als ich die Kamera-App öffnete. Doch in den wenigen Sekunden, bis ich wieder hinsah, musste die Nachricht an der Wand verblasst sein. Ein paar letzte Striche erahnte ich, aber das Foto zeigte nichts als Grau.

Weil die Anklagen auf so unerklärliche Weise auftauchten, hatte ich das Gefühl, ihnen glauben zu müssen. Gleichzeitig kreisten immer wieder dieselben Fragen in meinem Kopf: Bekam nur ich sie zu sehen? Wenn ja, warum? Oder sprachen die anderen nur ebenso wenig darüber wie ich? Steckte dahinter bloß ein fauler Zauber von jemandem, der Barbara und Henry in den Dreck zog? Vielleicht Zacharias oder eine Person, die sich als Z. ausgab?

Nach der zweiten Botschaft sah ich unwillkürlich noch genauer hin. Barbara, die wie zufällig männliche Kollegen anfasste: ein Griff an den Oberarm aus scheinbarer Dankbarkeit, eine aufmunternde Hand auf dem Rücken. Einen von ihnen fragte ich, ob es ihm nicht unangenehm sei, doch er zuckte mit den Schultern – wohl eher peinlich berührt durch meine Frage als durch die Tatsache selbst.

Ein befreundeter Buchhalter prüfte meine Gehaltsabrechnung: Es fehlten über 100 Euro im Nettobetrag. Damit ging ich zu Henry. Der runzelte erst nur die Stirn und beteuerte dann: »Tut mir leid. Das war ein Versehen! Es ist doch alles immer noch neu für uns.«

Zwei Kolleginnen fragte ich, ob sie ähnliche Fehler bemerkt hätten. Eine bejahte.

Waren das schon die Anhaltspunkte, die ich gesucht hatte? Hatte Z. mich überzeugt?

Immer wieder ging ich heimlich in den Keller. Dass ich dort keine neuen Botschaften empfing, beruhigte mich keineswegs. Eher beschlich mich eine dunkle Vorahnung, als würde es bald einen großen Knall geben.

Der Knall kam anlässlich des zweijährigen Firmenjubiläums.

In den Wochen zuvor hatten sich nach und nach alle im Team mit Unmut angesteckt. Henry und Barbara machten immer mehr Fehler, für die sie aber anderen die Schuld gaben. Niemand traute ihnen mehr, und niemand glaubte mehr an ein weiteres Wachstum der Firma, im Gegenteil: Manche hatten längst anderswo ihre Fühler ausgestreckt.

Für die Feier war im Meetingraum eine Tafel aufgebaut, an der alle vor vollen Tellern saßen: vegane Burger, Bulgursalat, Brownies auf Süßkartoffelbasis, dazu Pale Ale aus der lokalen Brauerei. Neben unserer kleinen Belegschaft waren auch ein paar ortsansässige Kunden, Partner und Partnerinnen und sogar Kinder anwesend. Letztere waren die Einzigen, die ungehemmt umherliefen. Von Barbara und Henry war den ganzen Abend wenig zu sehen. Nur zum Essen blieben sie für einige Minuten an ihrem Platz.

Schon nach dem ersten Gang zum Buffet setzte Müdigkeit ein. Da stand Barbara auf und begann, so etwas wie eine Rede zu halten. Ihr Blick flirrte umher, sie hielt sich an einer Flasche Johannisbeerschorle fest.

Dankbar, frischer Wind, Zukunft. So hangelte sie sich ungelenk von einem Stichwort zum nächsten. Henry neben ihr starrte geradeaus und schwieg.

»Und natürlich ... danke ich auch dir, lieber Henry, dass du gemeinsam mit mir all das aufgebaut hast.«

Henry winkte ab.

Im gleichen Moment schwoll ein Grollen um uns herum an. Alle schauten sich verwirrt um. Manche sprangen auf und sahen aus dem Fenster.

Ich ahnte, dass sie dort keine Erklärung finden würden. Doch was genau stand uns bevor?

Stumm blieb ich sitzen.

Der Dielenboden unter unseren Füßen vibrierte und knirschte. Geschirr und Gläser klirrten auf der Speisetafel.

»Ist das ein Erdbeben?«, fragte jemand.

Henry redete irgendwas von Überschallflugzeugen, doch keiner beachtete ihn. Eine Blumenvase kippte von der Kommode, zerbrach am Boden. Ein Kind schrie auf.

Das Grollen wurde lauter. Aus dem Vibrieren wurde tatsächlich ein Beben. Einzelne Schreie gellten durch den Raum, meine Kollegen hielten ihre Gläser fest und starrten sich erschrocken an, drei andere Gäste kauerten bereits unter dem Tisch.

»Bitte bleibt doch ruhig«, rief Barbara. »Es ist bestimmt ...«

Ein plötzlicher Ruck ging durch das ganze Haus und unterbrach sie.

Bilderrahmen krachten herunter und zersplitterten.

Sie hinterließen eine lange, weiße Wand.

Wie klaffende Schnittwunden erschienen dort die riesigen, roten Linien.

Alle brüllten durcheinander, die Kinder verbargen ihre Gesichter im Schoß ihrer Eltern.

War ich wirklich der Einzige, der das nicht zum ersten Mal sah?

In den Blicken von Barbara und Henry lag eher Verzweiflung als Angst. Sie starrten abwechselnd sich gegenseitig und die Wand an, bis die Botschaft vollständig zu lesen war:

EURE CHEFS SIND MÖRDER! Z.

Das Grollen und Beben war verebbt, jetzt herrschte Totenstille.

Zwischen der Anklageschrift und den beiden Managern wanderten die entgeisterten Blicke der Anwesenden hin und her. Niemand sprach.

Diesmal verblasste die Botschaft nicht, die roten Buchstaben brüllten die Beschuldigten an.

»Wer ... wer von euch steckt hinter dieser Unverschämtheit?«, fragte Barbara.

Niemand reagierte.

»Wer das war, habe ich gefragt!«

»Sei still!«, fuhr Henry sie an.

Er schlug die Hände vors Gesicht. Es war, als würde ein Damm brechen. Er stöhnte und heulte erbärmlich. Alle wandten sich ab, die Eltern und Kinder verließen den Raum.

Nur ich blieb an meinem Platz.

Barbara stand steif neben Henry.

Der schaffte es, Luft zu holen. »Wir haben ihn umgebracht!«

Barbaras Antwort war leise und tonlos. »Du. *Du* hast ihn umgebracht.«

Henry sprang auf, schüttelte sie und brüllte ihr ins Gesicht: »Und du hast seine Leiche im Keller eingemauert!«

———

Der Denunziant *ist die älteste Geschichte in diesem Band, die erste Fassung habe ich im September 2019 geschrieben. Damals habe ich sie auch bei einem Verlag eingereicht, sie wurde für die Anthologie jedoch nicht ausgewählt. Vielleicht war der Horror dafür zu leise – nur einer von vielen möglichen Gründen. Wegen der Mischung aus modernem Setting und klassischem Spuk habe ich die Geschichte aber von Anfang an besonders gemocht. Für* Die Empfänger *habe ich sie schließlich noch einmal gründlich überarbeitet, und freue mich, dass sie nun endlich draußen in der Welt ist.*

Das Thema Schrecken am Arbeitsplatz findet sich auch schon mehrfach in meinem ersten Sammelband Derrière La Porte.

Die Stunde ist um

Wir gehen hintereinander, im gleichen Tempo, aber mit etwas Abstand. Die Sonne wärmt mir den Rücken. Meine Schuhe sind staubig vom feinen Sand. Der Wind zerrt an meinen Kleidern.

Nicht weit vor uns erstreckt sich die Mauer. Zu beiden Seiten ist kein Ende zu sehen. Wir laufen auf die einzige Öffnung zu. Weiter vorn halten sie kurz inne, sobald sie den Durchgang erreichen. Jemand steht dort, in das gleiche helle Gewand wie wir alle gekleidet, scheint uns Anweisungen zu geben.

Die Sonne brennt im Nacken. Hinter der Mauer wird es Schatten geben! Für eine Weile scheint sie mit jedem Schritt von mir wegzurücken. Eine Fata Morgana? Trotz des Windes bricht mir der Schweiß aus.

Doch dann ist die Wächterin am Durchgang plötzlich neben mir und gibt mir ein Zeichen, zu warten. Sie dreht sich kurz weg, dann reicht sie mir eine Schale aus Ton, gefüllt mit klarem Wasser. Die Schale liegt schwer in meinen Händen. Die Wächterin streckt den Arm aus und weist in die Richtung, in die die anderen vor mir gegangen sind. Ich folge ihnen.

Hinter der Mauer ist es windstill. Alle machen kleine, langsame Schritte, um kein Wasser zu verschütten. Der Hof liegt zur Hälfte im Schatten, die Sonne scheint schräg hinein. Der Platz ist leer bis auf einen schmucklosen Springbrunnen in der

Mitte. Seine quadratische Wasserfläche spiegelt das Sonnenlicht. Der Ort kommt mir bekannt vor, doch gleichzeitig bin ich mir sicher, dass ich noch nie hier gewesen bin.

Im Säulengang gegenüber sitzen einige von uns in gleichmäßigem Abstand im Schatten, die Schalen auf den Knien. Sie schauen in das Wasser. Auch ich nehme meinen Platz auf der steinernen Bank ein. Angenehm kühl ist es hier, ich würde gern für immer bleiben.

Von meinem Sitzplatz aus sehe ich große Uhr über dem Durchgang. Bald wird sie zur vollen Stunde schlagen.

Nach mir kommen nur noch Wenige mit ihren Schalen im Säulengang an. Die Wächterin verschließt die Flügeltür, geht langsam zur Platzmitte und bleibt neben dem Springbrunnen stehen.

Weil es alle anderen auch tun, schaue ich ins Wasser und betrachte mein Gesicht. Je länger ich in die Schale schaue, desto größer wird das Bild und verdrängt alles, was außerhalb ist. Es verschwimmt. Vom Grund steigen andere Bilder auf. Das Wasser zeigt mir andere Menschen, andere Gesichter.

Woher kommen diese Bilder? Wer schickt sie mir? Es muss dieser Ort sein, der das möglich macht. Und nur deswegen sind wir hergekommen.

Die Bilder nehmen mich gefangen. Jetzt bewegen sie sich sogar, fließen ineinander. Das Gesicht einer Frau erscheint, älter als meines. Ihre großen, braunen Augen sehen mich, weiten sich ... Sie erkennt mich! Auch mir kommen diese Augen bekannt vor. Ich möchte der Frau etwas sagen. Doch bevor die Erinnerung kommt, verschwindet ihr Gesicht.

Tobende Kinder in einem Garten im Sommer. Eines winkt

mir zu. Ich will aufspringen, kann mich gerade noch zurückhalten. Durch den Ruck ziehen kleine Wellen über das Bild im Wasser. Ich winke zurück, will den Namen des Kindes rufen. Aber er fällt mir nicht ein und schon ist es nicht mehr da.

Ich frage mich, wie viel Zeit vergeht, während ich in den Bildern versinke. Will aber nicht auf die Uhr drüben schauen, weil ich dann vielleicht eines verpasse.

Einige Gesichter kehren wieder. Reifer dann, manchmal nachdenklich oder mit Tränen in den Augen. Doch das Wasser zeigt mir nicht nur Menschen. Bäume erscheinen, blauer Himmel und weiße Vögel. Ein weiter Strand und das Meer. Ich möchte hineinklettern in diese Schale! Die Orte erkunden und wissen, ob ich auch sie wieder erkenne.

Ein neues Gesicht taucht auf. Rund und sonnengebräunt, ein offener Blick aus großen Augen. Es wird so lebendig, kommt so nah, dass ich fast seine Wärme fühle. Wir sehen uns lange an. Ich weiß, auch dieses Gesicht wird wieder verschwinden. Bei dem Gedanken zieht es in meiner Brust.

Das Wasser schenkt uns noch einen Augenblick mehr. Wir lächeln beide, nicken uns zu, dann verblasst das Gesicht. Ich ertrage es kaum. Aber den Anblick dieses Lächelns halte ich in meinen Gedanken fest.

Dunkle Häuserfassaden treten an seine Stelle, grell erleuchtete Räume und Menschen, die mich kaum wahrnehmen. Diesmal kommt mir niemand bekannt vor. Die Bilder lösen sich ab, schneller und schneller, bis alles durcheinanderwirbelt.

Aus dem Wirbel wird wieder ein klares Bild. Darin betrete ich noch einmal den Hof, den ich vorhin überquert habe, setze mich mit der Schale in den Schatten. Einen Augenblick lang bleibt das Wasser dunkel. Dann ist da wieder mein Spiegelbild, als hätte mir das Wasser nie etwas anderes gezeigt.

Dumpf schallt eine Glocke über den Platz. Weiter vorn stehen sie schon auf. Die Stunde ist um.

Die ersten treten an den Springbrunnen. Auch ich gehe zwischen zwei Säulen hindurch ins Licht und reihe mich ein. Wasser plätschert. Ich erreiche den Rand des Brunnens und kippe das Wasser aus meiner Schale hinein.

Die Wächterin streckt stumm ihre Hand aus, ich reiche ihr die leere Schale. Ein Mann tritt zu ihr, ohne uns anzusehen. Er nimmt ihr die aufgestapelten Schalen ab und bringt sie zurück zum Eingang. Die Flügeltür dort ist noch immer verschlossen.

Ich fühle mich leer. Aber die Erinnerung an das, was ich im Wasser sah, ist noch da. Vor allem dieses letzte Gesicht. Als ich daran denke, muss ich wieder lächeln.

Wir lassen den Springbrunnen hinter uns und gehen zu einem Ausgang, der mir vorher nicht aufgefallen war. Das Sonnenlicht wärmt eine Hälfte meines Gesichts. Das schattige Rechteck am Boden ist weder geschrumpft noch gewachsen.

Die letzte Schale ist geleert, die neue Stunde ist längst angebrochen.

Wir gehen hinaus in die Hitze und den Wind, der uns in alle Richtungen verstreut, bis wir uns vielleicht irgendwann wieder einreihen werden.

———

Bei einem Besuch des Kunsthaus Zürich blieb ich gebannt vor dem Bild Das Rätsel der Stunde *von Giorgio de Chirico stehen. Der geheimnisvolle Platz darauf faszinierte mich so sehr, dass ich unbedingt einen Text darüber schreiben wollte. Ein Experiment, das mir viel Spaß gemacht hat.*

De Chiricos Bilder sind eine frühe Version der „Liminal Spaces", von denen es online unzählige Abbildungen gibt – unheimliche, menschenleere, aber von Menschen gemachte Orte.

Exponat 55a

H ier ist ihr Audioguide«, sagte der blasse Typ hinter dem Tresen. »Neben vielen Exponaten finden Sie eine Nummer, die tippen Sie hier ein und ...«

»Ich weiß, wie das funktioniert«, sagte Roland.

»Das macht dann 1,66.«

»Was soll das? Ich habe eine Jahreskarte.«

»Nicht für den Audioguide. Aber er ist reduziert für Sie.«

Roland rollte mit den Augen, zahlte und ergriff das Gerät samt Kopfhörer. Als Stammbesucher im Nationalmuseum war er verstimmt, wenn eine der ständig wechselnden Aushilfskräfte ihn nicht erkannte. Immerhin finanzierte er den Betrieb mit und kannte niemanden, der so viel Zeit in diesem ehrwürdigen Gebäude verbrachte wie er selbst. Nicht, dass ihn die anderen Besucher sonderlich interessierten.

Wenn er viel Zeit hatte, nutzte Roland den Audioguide, obwohl er alle Erklärungen kannte. Akribisch achtete er dann darauf, ob die eine oder andere vielleicht verändert worden war.

An diesem Dienstagvormittag hielten sich nur eine Schulklasse und ein Rentnerpaar im Foyer auf. Ein perfekter Tag, um in Ruhe durch das Museum zu streifen. In manchen Stockwerken kannte Roland sich weniger aus als in anderen. Zeit, sein Wissen aufzufrischen. Die Antike war sein zweites Zuhause, aber diesmal würde er dort nur kurz vorbeischauen, bevor er zum Schluss seinen Tee im Museumsbistro trank. Dieser Besuch würde in der Renaissance beginnen und ihn dann zum Barock führen, dessen Pracht er in Ruhe auf sich wirken lassen wollte.

Auf der von Säulen flankierten Treppe war ein Kleinkind stehen geblieben. Es brüllte sich die Seele aus dem Leib. Der Vater wartete auf dem Treppenabsatz und starrte die Skulptur einer verschleierten Frau an. Roland eilte an ihnen vorbei nach oben und rief dem Vater zu: »Das ist ein Ort für Erwachsene! Warum gehen Sie nicht auf den Spielplatz?«

Er lief durch den Hauptgang der ersten Etage und bog in einen Saal ab, in dem das Geschrei nicht mehr zu hören war. Außer ihm hielt sich dort niemand auf. Als er sich beruhigt hatte, setzte er den Bügelkopfhörer auf, schritt einige Gemälde ab und hörte die Erläuterungen, die ihm nur vage bekannt vorkamen. Zwischendurch machte er sich Notizen in einem kleinen Buch, das er bei jedem Besuch in der Innentasche seines Jacketts trug.

Ein steinernes Relief neben dem Durchgang zum nächsten Saal zeigte Kleopatra, wie sie von einer Schlange in den nackten Busen gebissen wurde. Zwei ältere Frauen standen davor und unterhielten sich leise.

Roland trat zu ihnen und unterbrach sie. »Sie kann gar nicht am Gift einer Kobra gestorben sein, wussten Sie das?«

»Ach, nein?«, fragte eine der Frauen.

»Von Plutarch wissen wir: Sie starb schnell und friedlich. Unmöglich bei einem Gift dieser Art! Die Gute hätte Höllenqualen gelitten, erst recht bei einem Biss ins Fettgewebe. Ihr Gesicht und Hals wären angeschwollen und sie hätte sich übergeben.«

»Du liebe Zeit«, sagte die andere Frau.

Roland wechselte in den Saal nebenan und hörte hinter sich die beiden Besucherinnen ärgerlich murmeln.

Die Möbel und Kunstgegenstände in diesem Raum waren ihm unbekannt. Konnte es sein, dass er ihn bisher völlig übersehen hatte?

Ein Objekt vor der rechten Wand, das wie ein Miniaturpalast aussah, erkannte er erst aus der Nähe als Uhr. Das Zifferblatt, umrahmt von kleinen Säulen aus rotem Glas, ging zwischen all den silbern glänzenden Verzierungen fast unter.

Roland staunte angesichts des Reichtums, der solche Objekte hervorgebracht hatte. Wie fühlte es sich wohl an, so verschwenderisch zu leben?

Die Plakette unterhalb des Ausstellungsstücks zeigte die Zahl 55. Roland drückte zweimal 5 auf dem Audioguide und die grüne Play-Taste. Die vertraute Männerstimme begann, von der »wahrhaft beeindruckenden« Uhr zu sprechen, die aus der Zeit um 1700 stammte. Roland notierte sich die Namen der Künstler, die sie erschaffen hatten.

Nur eine Minute und 44 Sekunden dauerte die Erklärung, dann sagte der Guide: »Um zum Exponat 55a zu gelangen, öffnen Sie nun bitte die Tür hinter der Prunkuhr.«

Roland ging um die Uhr herum. Die nicht gekennzeichnete Tür in der Wand dahinter war ihm vorher nicht aufgefallen. Er öffnete sie und betrat einen Gang, von dessen anderem Ende schwaches Licht hineinfiel. Er zog die Tür zu und durchquerte den Flur. Der würfelförmige Raum dahinter war leer bis auf einen ovalen Spiegel an der Wand. Ein einzelner Holzstuhl stand in der Mitte des Ausstellungsraumes, dem Spiegel zugewandt.

Roland setzte sich und betrachtete das etwa anderthalb Meter hohe Objekt. Sein Rand war mit goldenen Schnörkeln verziert. Hübsch, sicher. Aber die Verzierung war stellenweise abgeblättert, die Glasfläche zeigte zum Rand hin blinde Flecken.

Was war an dem Spiegel so besonders, dass er hier versteckt wurde?

Das Schild daneben wies ihn als Exponat 55a aus. Aber auf dem Audioguide gab es keine Buchstabentasten. Roland wählte erneut die 55 an, hörte die Informationen zur Prunkuhr, danach stoppte die Aufnahme. Ein nochmaliges Drücken der Play-Taste bewirkte nichts, eine andere Taste außer Ziffern, Play/Pause und Stop gab es nicht. Als er die 56 drückte, erzählte die Männerstimme etwas über einen japanischen Flaschenkühler.

Roland sah sich im Spiegel auf dem Stuhl sitzen und kam sich verschaukelt vor. Er stand auf und lief zurück zur Tür. Doch die ließ sich nicht öffnen. Mehrmals drückte er erfolglos die Klinke.

»Hallo!«, rief er, schlug mit der Handfläche gegen die Tür und bekam keine Antwort.

Er suchte den Flur und den Raum mit dem Spiegel nach weiteren Zugängen ab, doch es gab keine.

»Verdammt«, sagte er und ließ sich wieder auf den Stuhl fallen. Der Audioguide lag davor auf dem Boden. Roland trat dagegen, das Ding knallte gegen die Wand. Sollten sie das da draußen ruhig hören, wer auch immer sich in den angrenzenden Räumen aufhielt.

Roland sah in den Spiegel und erkannte sich kaum noch. Es musste dunkler geworden sein in dem Zimmer, nur noch sein Gesicht schwebte als undeutlicher, heller Fleck darin. Er sah nach oben. Die runde Deckenleuchte strahlte matt, aber unverändert. Nur das Spiegelbild wurde immer diffuser. Als Roland näher herantrat, verschwand sein Gesicht in der schwarzen Fläche völlig.

Er lief davor hin und her. Keinerlei Reflektion im Spiegelglas.

Was war das für ein Ding?

Er rannte wieder zur Tür, hämmerte dagegen und riss an der Klinke, doch das alles brachte nichts.

Als er innehielt, hörte Roland eine Stimme aus dem Spiegelzimmer. Er kehrte dorthin zurück, aber dort war niemand.

Doch – der Spiegel zeigte die Umrisse einer Gestalt.

Wie konnte das sein, wenn niemand davorstand?

Langsam ging Roland auf den Spiegel zu, während die Person, die darin zu sehen war, sich nicht bewegte. Deren Umrisse wurden schärfer: ein junger Mann mit schmalem Gesicht, das in der Dunkelheit um ihn herum bleich wirkte. Er blickte geradeaus und blieb regungslos, doch sprach plötzlich mit lauter Stimme.

»Willkommen im Nationalmuseum, Roland. Schön, dass Sie uns besuchen.«

Roland starrte die Gestalt ungläubig an. Es war der Kassierer, der ihm den Audioguide gegeben hatte.

»Der Eintritt für einen Erwachsenen kostet 15,50 Euro. Oder haben Sie eine Dauerkarte? Möchten Sie auch unsere temporäre Ausstellung im Dachgeschoss besuchen? Sie zeigt Glaskunst im Jugendstil, wirklich beeindruckend. Das kostet 4,40 Euro extra, also insgesamt ...«

Die Stimme des Mannes wurde stetig lauter, dröhnte in der Kammer, so dass Roland sich die Ohren zuhielt. Doch das half nicht.

»... und wenn Sie einen Audioguide wünschen, wären es 2,20 Euro extra, es sei denn, Sie haben ...«

»Was geht hier vor?«, schrie Roland. Er fühlte sich schwach auf den Beinen und musste sich setzen.

Das Abbild des Kassierers hatte nun Farbe im Gesicht und gestikulierte beim Reden. »... wenn Sie Ihren Rundgang beendet haben, gelangen Sie direkt in unser Museumscafé. Wie jeden Tag gibt es einen Mittagstisch für 11,33 Euro, heute ein Curry mit Huhn oder vegetarisch ...«

Die Stimme dröhnte in Rolands Kopf. Ihm wurde flau im Magen. Er stand auf und schleppte sich zurück zum Eingang, die Stimme des Kassierers hallte durch den Flur. Wieder schlug Roland gegen die Tür, doch nur zweimal – dann fehlte ihm die Kraft und er rutschte daran hinunter und legte den Kopf auf die Knie.

Der Kassierer hörte plötzlich auf zu reden.

Auf allen Vieren krabbelte Roland zurück in den Ausstellungsraum. Das Spiegelglas blieb erst dunkel, dann schälten sich ein großer und ein kleiner Umriss heraus. Roland hörte ein Wimmern, das sich steigerte – die kleine Gestalt war ein Kind, das weinte, heulte, bis es aus voller Brust schrie. Der Vater daneben blieb stumm und sah Roland, der auf dem Boden kauerte, mitleidig an.

Das Kind und der Vater von der Treppe im Foyer.

Ein Schwindelgefühl ergriff Roland, obwohl er schon auf dem Boden saß. Das Kind brüllte und brüllte.

»Hör auf, hör auf!«, presste Roland hervor, aber es kam nur ein Flüstern.

Gleichzeitig schien das Kind im Spiegel zu wachsen, es hampelte herum, schlug um sich. Seine spitzen Schreie trieben Roland die Tränen in die Augen. Zusammengekrümmt lag er auf dem Boden. Das Atmen fiel ihm schwer.

Als er schon dachte, sein Kopf müsste platzen, riss das Gebrüll ab.

Roland blinzelte. Vater und Kind waren aus dem Spiegel verschwunden.

War die Tortur vorbei? Durfte er jetzt endlich gehen?

Er wollte sich aufsetzen, doch die Hände und Arme, die ihn stützen sollten, versagten. Wieder sackte er zu Boden. Von dort erkannte sein verschwommener Blick zwei neue Gestalten im Spiegel.

»Nein, nein, nein«, flüsterte er. »Lasst mich in Ruhe, ich kann nicht …«

»Da ist er ja«, rief eine Frauenstimme.

Eine andere lachte laut und sagte: »Was wollen wir ihm erzählen?«

»Ach, ich kann mich gar nicht entscheiden! Fangen wir irgendwo an, er muss uns ja zuhören!«

Schrilles Gelächter.

»Erzählen wir ihm doch von all den Begegnungen, die wir mit Typen wie ihm hatten.«

»Ausgezeichnete Idee.«

»Also ich erinnere mich, als ich noch klein war, da …«

Roland wollte protestieren, doch seine Lippen und Zunge gehorchten ihm nicht mehr. Mit halb offenem Mund, aus dem

Speichel rann, lag er reglos auf dem Boden, außer Stande, die Stimmen der Frauen auszublenden, die nicht mehr aufhörten, zu reden und zu reden, dabei immer aufgeregter wurden, bis auch sie schrien und brüllten.

Mit letzter Kraft legte sich Roland die Hände auf die Ohren, auch das war zwecklos.

Irgendwann nach endlosen Minuten oder Stunden nahm er gar nichts mehr wahr.

Der Sicherheitsdienst fand seinen Körper um 11:55 Uhr vormittags auf dem Boden vor der Prunkuhr, den Audioguide in der erstarrten Hand.

――――

2021 stellte der Schweizer Litac Verlag aus über 300 Einsendungen eine vielseitige Anthologie namens Spiegel *zusammen. Dafür wurde auch diese Geschichte ausgewählt. Das Buch ist mittlerweile nur noch als Kindle-E-Book erhältlich.*
Wie es oft so ist, habe ich eine kleine Ursprungsidee sehr lange mit mir herumgetragen, bis eines Tages endlich eine Geschichte daraus wurde. In diesem Fall war es der verhexte Audioguide.

Kohlmanns Spielwaren

Ich weiß eine Abkürzung«, sagte Luis und rannte über die Straße. Dabei rumpelten die Schulbücher in dem Rucksack, der für seinen schmächtigen Körper immer zu groß wirkte.

»Pass doch auf, Mann«, rief Feras ihm hinterher. »Wenn da jetzt ein Auto gekommen wäre?«

Luis ignorierte das und lief die gegenüberliegende Seitenstraße hinunter. Daphne und Feras folgten ihm, nachdem sie sich vergewissert hatten, dass sich tatsächlich kein Fahrzeug näherte.

Heute hatten sie zuerst Becca nach Hause begleitet, die ihr Fahrrad vor der Schule nicht wiedergefunden hatte. »Bestimmt geklaut«, hatte sie gemurmelt und den Rest des Weges geschwiegen, bis sie mit einem muffeligen »Tschüss« in ihrer Hauseinfahrt verschwunden war. Auch wenn Becca ihr leid tat, ärgerte Daphne das ein bisschen. Den Umweg hätten sie sich sparen können.

Jetzt trabte Luis voran und wartete natürlich nicht auf sie. Der Angeber!

Daphne hatte unter ihrem Schulranzen zu schwitzen begonnen. Über Mittag war es warm geworden. Ihre Jacke hatte sie gar nicht erst angezogen, sondern hielt sie in der Hand.

»Ist das echt eine Abkürzung?«, rief sie.

Luis drehte sich nicht um, aber seine Antwort war laut genug. »Ja, klar! Wir kommen hinter dem Bauernhof raus! Wo es immer so stinkt!«

Daphne und Feras liefen stumm nebeneinander am Straßenrand und versuchten nicht, Luis einzuholen. Kurz hinter einer Einfahrt blieb der schließlich dicht vor einer Hecke stehen. Er griff zwischen die Zweige.

»Was hat er denn jetzt wieder?«, fragte Feras.

Die Hecke war zweimal so hoch wie Luis. Als die anderen zu ihm aufschlossen, sah er sie freudestrahlend an. »Guckt euch das mal an, das Teil muss uralt sein!«

Er bog ein paar Stängel zur Seite. Von der Hecke beinahe überwuchert kam dort ein Kasten kam zum Vorschein. Seine Vorderseite war weiß, oben und an den Seiten war er rot. Aber die Farbe blätterte ab, darunter hatte sich Rost gebildet.

»Ein Kaugummiautomat!«, rief Feras. »So einen haben wir im Urlaub gesehen. Mein Papa sagt, die gab es früher überall.«

Durch zwei kleine Fenster an der Vorderseite schimmerte es bunt. Daphne beugte sich vor, aber das linke Glas war zerkratzt, das rechte von einem feuchten Film überzogen. Unter beiden Fenstern befanden sich Kurbeln, an der Seite ein Schlitz für Münzen.

Daphne schob noch einen Zweig weg. »Das sind aber keine Kaugummis. Guck doch, was da unten steht!«

»Kohlmanns ... Spielwaren«, las Luis vor. Da war seine Begeisterung verflogen. »Da ist bloß billiges Spielzeug drin.«

Feras klopfte auf den Kasten. Der gab ein hohles, metallenes Geräusch von sich. »So alt, wie das Ding ist, hätte ich daraus auch niemals Kaugummis gegessen.«

»Aber echt!«, sagte Daphne und lachte. »Habt ihr gesehen, was da neben dem Schlitz steht? Zehn Pfennig! Das Ding ist von ganz, ganz früher!«

Die Jungs guckten verständnislos.

»Pfennig! Das ist total altes Geld! Damit haben meine Eltern als Kinder noch bezahlt, das gibt's schon ewig nicht mehr.«

»Oh«, sagte Luis. Ein paar Augenblicke betrachteten alle drei den Automaten stumm.

Dann wühlte Feras in seiner Hosentasche. »Ich will was ausprobieren.«

Er holte die Hand hervor, in der lagen – neben einem zerknüllten Taschentuch, einem Hustenbonbonpapier und ein paar Fusseln – drei Münzen: 50 Cent, 20 Cent, 5 Cent. »Passt eine davon da rein?«

»Probier's«, sagte Luis. »Am besten die 5 Cent, falls sie steckenbleiben.«

Feras steckte die Münze in den Schlitz. Zumindest fiel sie nicht durch.

Luis griff nach der rechten Kurbel. »Jetzt hier!«

Feras schob ihn weg. »Lass mich, das war *mein* Geld!«

Er drehte an der Kurbel. Ein leises *Klonk!* kam aus dem Kasten.

»Es geht tatsächlich«, sagte Daphne leise.

Schon streckte Feras ihnen die Hand entgegen. Eine quietschbunte Kugel lag darauf. »Ein Flummi!«

Schon hatte er ihn mit Schwung auf den Boden geworfen, von wo er gegen Daphnes Kopf sprang. »Ey!«, rief sie.

Dass der Automat für Feras ein Spielzeug ausgespuckt hatte, konnte Luis natürlich nicht tatenlos mit ansehen. Längst hatte er selbst eine Münze gefunden, warf jetzt sogar 20 Cent hinein, drehte diesmal die linke Kurbel und griff hinter die Klappe. Er holte eine blaue Kugel hervor, die sich aufschrauben ließ wie ein Überraschungs-Ei.

Ein kleiner, grüner Plastikdrache mit spitzen, weißen Zähnen grinste ihnen daraus entgegen.

»Cool«, sagte Luis, aber auf Daphne wirkte es nicht überzeugt.

Feras hatte seinen Flummi vom gegenüberliegenden Straßenrand zurückgeholt. »Los, jetzt du!«

»Nö«, sagte Daphne. »Für sowas geb' ich mein Taschengeld nicht her.«

»Dann schenk ich dir was.« Feras steckte seine 20 Cent in den Schlitz, bevor Daphne ihm widersprechen konnte. Sie war überrascht und ein wenig geschmeichelt.

Feras trat zur Seite. »Aber die Kurbel musst du schon selber drehen!«

Daphne drehte, etwas fiel nach unten.

Diesmal war es eine rote Kugel. Daphne hielt sie hoch und schüttelte sie. Etwas Schwereres war darin, ein Spielzeugdrache war es ganz sicher nicht.

Das Aufschrauben war schwierig, die Kugelhälften quietschten. Wie alt war dieses Spielzeug wohl?

Aus der Plastikhülse rollte eine Murmel in Daphnes Hand.

So eine hatte sie noch nie gesehen. Sie war größer als die Murmeln, die sie kannte, außerdem einfarbig, kräftig rot wie eine reife Kirsche. Daphne hielt sie zwischen zwei Fingern nach oben. Das Sonnenlicht brachte die Farbe zum Leuchten wie bei einem Edelstein.

»Eine Murmel, ganz toll«, sagte Luis und lachte.

Daphne schaute weiter in das rote Leuchten. »Ich find sie schön, wirklich!«

»Schöner als so ein Plastikflummi«, gab Feras zu. »Und als Luis' alberner Drache sowieso!«

Luis boxte Feras gegen den Oberarm, der schubste zurück. Die beiden gingen weiter.

Daphne steckte die Murmel wieder in den Behälter, schraubte ihn zu und folgte den Jungs. Ihr Spielzeug behielt sie den Rest des Nachhauseweges in der Hand, zufrieden mit dem, was der Automat für sie ausgesucht hatte.

In ihrem Zimmer holte Daphne die kleine Glaskugel heraus und betrachtete sie. Da fiel ihr ein kleiner Zettel in dem Behälter auf. Sie faltete ihn auseinander.

Die drei weisen Murmeln, lautete die Überschrift in verschnörkelter Schrift.

Darunter, kleiner: *Herzlichen Glückwunsch, Du hast eine der drei weisen Murmeln von Kohlmanns Spielwaren gewonnen!*

In Gedanken hörte Daphne Luis hämisch lachen. »Sowas Bescheuertes!«, würde er sagen. »*Die* haben einen an der Murmel!«

Weiter stand auf dem Papier: *Sie gehört von jetzt an Dir. Du darfst sie nicht verschenken. Von diesen Murmeln wurden nur drei Stück hergestellt. Ihre Besonderheit ist: Sie sagen Dir die Zukunft voraus! Klopfe dreimal damit gegen Holz, wenn Du allein bist. Sprich Dein persönliches Kennwort, das niemand anderes wissen darf. Danach stelle der Murmel Deine Frage und sie wird sie beantworten. Kohlmanns Spielwaren wünscht Dir viel Freude mit dieser Rarität!*

Daphnes Herz klopfte schneller.

Klar, das war erfunden. Wie eine dieser Geschichten über Meerjungfrauen oder Zauberer. Aber die mochte Daphne, sehr sogar. Als hätte dieser Automat das gewusst und die ganze Zeit mit dieser Überraschung nur auf sie gewartet! Versteckt in einer Hecke, nur ein paar Straßen von ihrem Zuhause.

Vielleicht war das ein bisschen kindisch, aber ausprobieren musste sie es.

Sie brauchte also Holz. Aber welches?

Der Schrank in ihrem Kinderzimmer kam ihr unpassend vor. Etwas Lebendiges sollte es sein.

Sie lief nach draußen in den Garten und stellte sich neben den dicksten Baum in der hintersten Ecke, wo ihre Eltern sie vom Haus aus nicht sehen würden.

Sie nahm die Glaskugel zwischen die Fingerspitzen und klopfte dreimal damit gegen die Baumrinde. Anders als sie erwartet hatte, machte das kaum ein Geräusch.

Das Kennwort hatte sie beinahe sofort gewusst.

»Kirsche«, sagte sie leise.

Das rote Glas leuchtete auf.

Welche Frage sollte sie stellen?

Daphne hatte geglaubt, dass ihr schon etwas einfallen würde, aber das war schwieriger als gedacht. Sie trat von einem Fuß auf den anderen. Warum zerbrach sie sich eigentlich den Kopf? Es war doch nichts als ein Spielzeug – oder?

Dann fiel ihr ein, was ihre Mutter kurz zuvor beim Mittagessen gefragt hatte.

»Möchtest du im Sommer wieder ins Ferienlager fahren? Das hat dir doch Spaß gemacht?«

Daphne hatte nicht gewusst, was sie antworten sollte. Vor

allem, weil sie nicht sicher war, was ihre Freundinnen diesen Sommer machen würden. Emma würde vielleicht mit ihren Eltern verreisen. Zoe sagte selbst immer nur »Weiß noch nicht.«

»Soll ich diesen Sommer ins Ferienlager fahren?«

Sie hatte geflüstert und starrte auf die Murmel, doch nichts geschah. Schon wollte sie zurück ins Haus schleichen, als sich von ihren Fingerspitzen her ein roter Lichtschein ausbreitete.

Direkt vor ihr tauchten Gestalten auf. Auch sie waren von rotem Licht umgeben. Mädchen in ihrem Alter. Sie selbst! Und Emma! Und Zoe!

Daphne hielt die Luft an. Wo kamen diese Bilder her?

Mit ihren Freundinnen lief sie da auf einem Weg durch hohes Gras, hinunter auf einen Strand. Emma lief voran, drehte sich zu den anderen um, lachte sie an.

Stocksteif stand Daphne dort neben dem Baum, gleichzeitig wurde ihr schwindelig.

Warum sah sie sich selbst wie in einem Film?

Und dieses Licht ... Das war nicht nur schön, es war so rot ... *Zu* rot ... Als wären sie alle eingetaucht in ...

Die Welt drehte sich um Daphne, sie musste die Augen zudrücken. Als sie sie wieder öffnete, war es vorbei, die Gestalten waren verschwunden.

Daphne stand noch immer da wie versteinert.

In der Murmel war tatsächlich ein Zauber versteckt.

Sie hatte ihr die Zukunft gezeigt.

Und sie hatte ihre Frage beantwortet.

Wenige Wochen später fuhr Daphne tatsächlich mit ins Ferienlager.

Der kleine Film, den die rote Murmel ihr gezeigt hatte, lief ab und zu vor ihrem inneren Auge ab. Manchmal auch im Traum.

Er wurde tatsächlich wahr – wenn auch nicht ganz. Zoe war nicht mitgefahren. Und sie waren nicht am Meer. Aber als Daphne mit Emma und einer neuen Freundin, die zum ersten Mal dabei war, eines Tages hinunter zum See hinter der Jugendherberge rannte, drehte Emma sich um und lachte ihnen zu ... Das konnte doch kein Zufall sein!

Verwirrt von dem Anblick sah Daphne nicht, wo sie hintrat, stolperte über eine Wurzel, schon lag sie. Sie war mit dem Kinn aufgeschlagen. Aber auf dem sandigen Boden war nichts weiter passiert, sie hatte sich nur auf die Zunge gebissen.

Ein, zwei Tage lang tat das noch weh. Der Schmerz erinnerte sie daran, dass die Glaskugel recht gehabt hatte. Die Vorhersage war wahr geworden.

Kurz darauf vergaß sie den Moment wieder und genoss fortan die Ferien mit ihren Freundinnen.

Die Murmel hatte sie natürlich mitgenommen und hütete diesen seltsamen Schatz. Niemand anderes sollte sie zu Gesicht bekommen. Aber weder hier noch zu Hause hatte Daphne sie bislang noch einmal benutzt. Manchmal fielen ihr Fragen ein, auf die sie gerne Antworten gehabt hätte. Aber es war ja fast immer jemand bei ihr. Klar, sie könnte sich auch mal davonstehlen, sich irgendwo zwischen Bäumen verstecken wie damals im Garten.

Doch dann dachte sie an dieses rote Licht. Daran, wie ihr von dem Schwindel fast schlecht geworden war. Und schob es auf.

Die wirklich wichtige nächste Frage würde schon noch kommen.

Die Frage kam tatsächlich. Aber später würde Daphne sich für sie schämen. Dafür, dass wegen so etwas Unwichtigem aus einem normalen Tag der schlimmste wurde, den sie mit ihren 8 Jahren erlebt hatte.

In der Schule gehörte Daphne zu den Besten der Klasse. Nicht alles fiel ihr leicht, aber vor allem in Mathe wollte sie einigen Klugscheißern – darunter dem Angeber Luis – zeigen, dass sie nicht immer in allem unschlagbar waren. Und so bewältigte sie eines Tages auch die schwerste Mathearbeit, die sie je geschrieben hatte. Lauter lange Textaufgaben. *Bäckerei Moser verkauft 65 Brötchen und 13 Brezeln, Bäckerei Klein 48 Brötchen und 27 Brezeln. Wer verkauft insgesamt mehr?* Die Luft im Klassenraum wurde stickig. Fast alle fingen irgendwann zu jammern an. Becca gab als erste ihre Zettel ab und lief heulend aus dem Klassenraum. Nur Daphne rechnete alles konzentriert aus und blieb ganz ruhig. Als es zur Pause klingelte, hatte sie gerade Herrn Friese ihre Arbeit in die Hand gedrückt. Es war perfekt gelaufen!

Draußen versammelte sich die Klasse und diskutierte darüber, wie gemein Herr Friese doch war. Nur Luis fand, dass sie alle übertrieben. »Die Aufgaben waren für Babys«, meinte er.

Daphne glaubte ihm kein Wort.

Am nächsten Tag verkündete ihre Klassenlehrerin, dass Herr Friese mindestens zwei Wochen krank ausfallen würde und sie deswegen die Mathearbeit nicht sofort zurückbekommen würden.

Das machte Daphne wahnsinnig. Sie musste einfach wissen, wie die Arbeit ausfiel.

Endlich! Genau das war die richtige Frage für ihre Glaskugel. Es war schließlich nichts Schlimmes dabei, sie wollte einfach bloß gut in Mathe sein! Und was konnte sie dafür, dass Herr Friese so lange krank war?

Die Murmel lag wie immer in einer kleinen Dose in ihrer Schultasche, eingewickelt in ein Stück Stoff. Daphne ließ die anderen vor der Schule stehen, behauptete, sie müsse schnell nach Hause, und nahm den Weg an dem Spielzeugautomaten vorbei. Die Hecke war seit ihrem letzten Besuch noch dichter geworden. Wenn man nicht wusste, dass er dort war, war der Kasten kaum zu sehen.

Ein Stück weiter hinten lag ein Waldstück. Dort versteckte sie sich hinter drei großen Birken und nahm die Murmel aus der Dose.

Ohne Zögern klopfte sie damit gegen die weiße Baumrinde und sagte – diesmal laut, denn weit und breit war niemand zu sehen – »Kirsche!«

Kaum hatte sie das Wort gesagt, wurde die Glaskugel heller. »Welche Note habe ich in der Mathearbeit?«

Auch das fragte sie, als würde sie es laut in die Klasse rufen.

Das Leuchten kam, breitete sich aus, tönte die weiße Birkenrinde kirschrot. Und irgendetwas tauchte darin auf – ja, ein Stapel Papier, getragen von zwei Händen ... eine Hand griff das oberste Blatt, reichte es jemandem. Das Bild zoomte heran an dieses Blatt, Daphnes eigene Schrift war darauf ...

Aber dann wackelten die Buchstaben, verschwammen. Wieder wurde ihr so eklig schwindlig, der Boden unter ihr schien zu kippen. Sie hielt sich an der Birke fest.

»Was ... Was machst du denn hier?«

Die Stimme kam so unerwartet, dass Daphne erst gar nicht wusste, wem sie gehörte.

Das Rot um sie herum verschwand auf einen Schlag. Sie fuhr herum.

Da stand Luis zwischen zwei Bäumen und machte große Augen.

Sie starrte zurück.

»Was war das, verdammt nochmal?« So wie die Frage aus ihm herausplatzte, hatte er alles mitangesehen.

Ausgerechnet er!

Aber Daphne ließ sich ihre Wut nicht anmerken. »Also gut, ich erkläre es dir.«

Sie erzählte ihm, was passiert war, seit sie die Murmel aus dem Automaten gezogen hatte, als wäre es das Selbstverständlichste auf der Welt.

Luis guckte ungläubig. Aber das Lachen blieb ihm wohl im Hals stecken.

»Dann kann sie mir ja auch die Zukunft zeigen«, sagte er.

»Nein! Weil sie *mir* gehört. Außerdem muss ich erst das Kennwort sagen.«

Jetzt lachte er doch. »Ist doch Quatsch! Aber du spinnst ja gerne rum, mit deinen Geschichten über Hexen und Zauberer und ...«

»Hau einfach ab, Luis! Immer weißt du alles besser! Weißt du eigentlich, wie das allen auf die Nerven geht?«

Luis winkte ab – eine seiner übertriebenen Erwachsenengesten – und verschwand.

Was sollte sie jetzt tun? Luis würde ihr Geheimnis irgendwie gegen sie verwenden, das war klar. Bei dem Gedanken bekam Daphne Bauchschmerzen. Wahrscheinlich war er jetzt schon auf dem Weg zu Feras oder irgendeinem anderen Kumpel, um zu tratschen. Wie er damit glänzen konnte! Morgen in der Schule würden es alle wissen und sich über sie lustig machen.

Verhindern konnte Daphne das jetzt nicht mehr. Aber sie wollte vorbereitet sein.

Aber das ging ja!

Wieder schlug sie mit der Murmel dreimal gegen den Baumstamm, diesmal ganz schnell hintereinander.

»Kirsche!«, rief sie, und stellte sofort danach ihre Frage: »Wird Luis allen von meiner Glaskugel erzählen?«

Als hätte sie mit ihrer Eile den roten Lichtschein angesteckt, hüllte der sie sofort ein. Diesmal blendete er Daphne, so dass sie erst nichts sah.

Dafür hörte sie Menschen reden. Aufgeregte Stimmen. Sirengeheul – so laut, dass sie die Hände auf die Ohren presste. Es ließ nach, aber dafür redeten jetzt alle aufgeregt durcheinander.

»Oh mein Gott – Luis!«, schrie eine Frau.

Das grelle Licht ließ nach, sodass Daphne die Szene vor sich sah: Eine Traube von Menschen an einer Straße. Der Frau, die gerufen hatte, liefen Tränen über das Gesicht. Zwei oder drei hockten am Boden und ...

Ja, da lag jemand. Ein Kind.

Das Bild zoomte heran, so schnell, dass Daphne wieder schwindelig wurde. Luis war es, der am Boden lag. Kreideweiß im Gesicht, Blut in den Haaren.

Sie schlug die Hände vor den Mund. Vergaß, wo sie gerade war. Vergaß zu atmen.

Flackerndes Blaulicht mischte sich in das Rot. Aufgeregte Erwachsene wuselten um Luis herum. Notärzte, die ihn auf eine Trage hoben.

Ein älterer Mann, der auf die anderen Leute einredete. »Er ist einfach vor mein Auto gerannt, glauben Sie mir doch! Ich konnte nichts machen! Gar nichts! Dass ich so langsam war ... da hat er noch Glück gehabt!«

Plötzlich war Luis' Gesicht ganz nah. Er öffnete halb die Augen, drehte den Kopf.

Nein, er war nicht tot!

Daphne fielen tausend Steine vom Herzen. Er würde es überleben! Irgendwie verriet ihr die Murmel das, ohne dass es ausgesprochen werden musste.

Jetzt erst atmete Daphne wieder.

Luis' Augen blieben geöffnet, jemand griff nach seiner Hand.

Da verschwand das Bild.

Kaum hatte sich das rote Licht in die Glaskugel zurückgezogen, hörte Daphne die Sirenen an der Hauptstraße.

Daphne musste nicht dorthin, um nachzusehen, wollte es auch nicht. Sie wusste ja, was geschehen war.

Und sie wusste noch etwas anderes.

Sie nahm die Plastikhülse aus ihrer Hosentasche. Mit zitternden Fingern schraubte sie die Kugel auseinander. Drin steckte immer noch der Zettel. Die Anleitung von Kohlmanns Spielwaren. Die Glückwünsche.

Daphne wurde wütend bei dem Gedanken daran. Wegen diesem blöden Spielzeug war Luis auf die Straße gerannt, noch kopfloser als sonst, und fast wäre er …

Nicht nur wegen dem Spielzeug! Auch wegen ihrer dummen Fragen.

Sie legte die Murmel hinein und schraubte die Hülse so fest zu, dass ihr die Hände weh taten. Dann hockte sie sich hin und begann mit bloßen Händen ein Loch in den sandigen Boden hinter den Birken zwischen dem Heidekraut zu graben. Das war mühselig, doch irgendwann wurde der Boden dunkler und feucht. Noch tiefer grub sie, hob mit beiden Händen schwere Erde aus dem Loch, bis sie irgendwann zufrieden war.

Einmal sah sie sich um, aber niemand war in der Nähe. Kein Mensch würde je von dem Versteck erfahren.

Daphne warf die Kugel in das Loch und deckte sie sofort mit Erde zu. Schicht um Schicht schloss sie das Loch, drückte den Boden fest. Zum Schluss verteilte sie trockene Blätter und Zweige über der Stelle.

Niemand, nein, niemand sollte dieses Ding je wieder ausgraben!

Auf dem Weg nach Hause wischte Daphne sich die Hände notdürftig mit ein paar trockenen Blättern sauber.

Die Hecke, in der sich der Automat von Kohlmanns Spielwaren versteckte, beachtete sie nicht.

Kohlmanns Spielwaren *entstand als letzter Beitrag für diesen Band im Februar 2023. Auch hier war ein Detail der Auslöser: ein ramponierter Kaugummi- und Spielzeugautomat unter einer Hecke am Straßenrand. Ein Foto davon blieb monatelang auf meinem Handy gespeichert, bevor mir eine passende Geschichte zuflog.*

Eine „Schwestergeschichte" mit ein paar Parallelen und einer erwachsenen Hauptfigur namens Daphne hatte ich sogar noch vorher geschrieben, die ist aber noch unveröffentlicht.

Wildwasser

Kennt ihr auch diese Leute, die von sich behaupten, sie hätten Höhenangst, wenn sie auf einen Turm steigen sollen? Die dann einmal sagen »Puh, ist das hoch« und dann trotzdem hinaufgehen, als wäre es das Selbstverständlichste der Welt? Die haben nicht die geringste Ahnung, was Höhenangst bedeutet!

Ich habe sie seit meinem siebten Lebensjahr, das ist jetzt gut 60 Jahre her. Und im Gegensatz zu vielen anderen weiß ich, wovon ich spreche.

Am schlimmsten ist es über Wasser. Hohe Brücken betrete ich nicht. Mir reicht, dass ich es oft im Traum tue. Dann wird mir schwindlig und ich höre Schreie. Sehe, wie das Wasser weit unter mir sich rot färbt. Von meinen eigenen Schreien wache ich auf. Meine Kehle schmerzt, manchmal sind meine Wangen feucht.

Das alles begann mit einer Reise. Meine Mutter hatte immer von einem Roadtrip geschwärmt, den sie in ihrer Jugend unternommen hatte und unbedingt mit uns wiederholen wollte. Irgendwann gab mein Vater nach und wir flogen eines Sommers in die USA. Meine Erinnerungen daran sind verschwommen. Nur dieses eine Erlebnis, von dem ich euch erzählen werde, hat sich mir mit jedem Detail eingebrannt. Jedenfalls kann ich mich nicht entsinnen, die Freiheitsstatue gesehen zu haben oder Las Vegas. Ich erinnere mich nur an Hitze und öde, lange Straßen. Daran, dass meine Eltern sich stritten und ich nörgelte, weil mir langweilig war.

Das war der Grund, weshalb wir auf diesem Jahrmarkt in irgendeiner Kleinstadt landeten, vielleicht in Oklahoma oder Kansas. Ich wünschte, ich hätte als Kind schon verstanden, dass es Schlimmeres gibt als Langeweile!

Vor einem Supermarkt verteilte ein Mann Handzettel. Er trug einen schwarzen Hut, die Haare darunter waren lang und weiß. Er drückte meiner Mutter einen Zettel in die Hand. Die betrachtete ihn kurz, gab ihn meinem Vater und sagte: »Könnte doch lustig sein!«

Mein Vater drehte den Flyer um, die Rückseite war unbedruckt. Er zuckte mit den Schultern und gab ihn mir.

CARNIVAL stand in gelb-roten Buchstaben vor der Silhouette einer Achterbahn.

»Bitte, können wir dahin?«, bettelte ich. Ich hatte vor allem keine Lust auf die brütende Hitze im Auto.

Am Rand der Stadt, die keine war, hatten sich die Schausteller auf einer vertrockneten Weide niedergelassen. Wir ließen das Auto am Straßenrand stehen. Von unserem Parkplatz aus wirkte das Gelände klein. Das Riesenrad nahe dem Eingang stach umso imposanter hervor, stand aber still. Auf der anderen Seite ragte das Schienengewirr einer Achterbahn auf. Keine zehn Pferde würden mich dort hineinbekommen!

Ich hatte ja keine Ahnung, was mir bevorstand.

Wir betraten das Gelände. Von bemalten Buden grinsten uns Clownsgesichter und monströse Fratzen entgegen. Nur wenige Besucher schlichen zwischen den Zelten und Wagen umher. Vielleicht waren es auch bloß die Schausteller selbst, die nichts zu tun hatten.

Es roch nach gebratenem Fleisch. Womöglich lag es an

der Hitze, aber der Geruch verursachte mir Übelkeit.

Jemand stolperte aus einem Zelt, aus dem Trommeln und Gejohle drang. Es schien die einzige Attraktion des Marktes zu sein, die viele Menschen anzog.

Etwas ratterte laut, dann gellte ein Schrei aus mehreren Kehlen. Die Achterbahn raste wie eine wild gewordene Schlange durch einen Looping. Gerne hätte ich in die Gesichter der Fahrgäste darin gesehen, aber dafür war sie zu schnell und zu weit weg.

»Was willst du als erstes machen?«, fragte meine Mutter über den Lärm hinweg. »Sollen wir Lose kaufen?«

Fette Plüschtiere glotzten aus der Bude neben uns. Bären, Elefanten, sogar eine Fledermaus und ein Oktopus. Der Oktopus war schwarz, sein Blick verschlagen. Er erinnerte an eine Tarantel.

Der Mann vom Supermarktparkplatz, der uns den Flyer gegeben hatte, tauchte neben uns auf. Jetzt trug er eine Regenjacke und hatte die Kapuze über den Kopf gezogen, Strähnen des weißen Haares schauten hervor. Die Sonne knallte wie immer, aber seine Jacke war nass.

»Sie sehen aus, als könnten Sie alle drei auch eine Erfrischung gebrauchen!«

»Wo gibt es die denn?«, fragte mein Vater.

Der Alte zeigte den Weg Richtung Achterbahn entlang. »Im Wildwasser natürlich. Vorbei am Kettenkarussell, noch vor der Achterbahn rechts. Das ist unsere neuste Sensation! Nicht verpassen!« Er zwinkerte mir zu. »Hier kannst du noch echte Abenteuer erleben!«

Als wir bereits auf dem Weg waren, rief er uns noch hinterher: »Viel Glück!«

Das Kettenkarussell stand still, ein einsames Kind hing in einem der Sessel. »Los!«, rief es. »Ihr müsst euch auch reinsetzen!«

»Wir wollen aber zum Wildwasser«, sagte ich.

Der Junge legte die Stirn in Falten. »Mit mir allein fährt es nie los! Ich warte hier schon seit gestern!« Das Letzte hatte er gebrüllt. Trotzig blieb er in seinem Sessel sitzen.

Ich hatte längst genug von diesem Markt, aber war auch neugierig, was für ein Abenteuer der Alte uns da versprochen hatte.

Ein Weg zweigte rechts ab. »Wagst du dich ins wilde Wasser?«, fragte ein Schriftzug über einem Chaos aus blauen Wellen und weißer Gischt. Ein Pfeil wies auf eine Tür, meine Mutter öffnete sie.

Eine gewaltige Konstruktion aus Metallstreben erhob sich dort, ähnlich hoch wie bei der Achterbahn, doch statt Schienen trug sie einen mit Wasser gefüllten Kanal. Vor uns in der Einstiegsstelle warteten ein paar klobige Boote auf Passagiere. Sie sahen wie Stücke von Baumstämmen aus. Vier Personen konnten hintereinander in einem Boot sitzen.

»Los geht's«, sagte mein Vater und setzte sich im nächsten freien Boot nach hinten. Bestimmt wollte er meiner Mutter nur den Gefallen tun und es hinter sich bringen.

Sie setzte sich vor ihn und winkte mich heran. »Du nach vorne, komm! Das wird lustig!«

Das Boot vor uns schwamm mit den einzigen anderen Fahrgästen davon, einer Clique aus drei Jungs und einem Mädchen. Sie diskutierten und lachten laut, ehe sie hinter einer Kurve verschwanden.

Nach einer Weile ruckte auch unser Boot nach vorn. Aber ich wollte das nicht! Der komische Alte in der Regenjacke und meine Eltern hatten mich überrumpelt. Wir konnten ja gar nicht sehen, was uns erwartete! Wohin fuhren die Boote über uns? Und wie konnte es sein, dass das Gerüst bei dieser Größe von außen gar nicht zu sehen gewesen war?

Weiter vorn klapperte etwas. Vereinzelte Rufe der Teenager kamen von irgendwo über uns. Ich klammerte mich an beide Seiten des Bootes, das schaukelnd vorwärtstrieb.

Wir dümpelten aber nur durch weitere Kurven, fast gemütlich. Hatte ich ganz umsonst solche Angst gehabt?

»Siehst du, ist doch harmlos«, sagte meine Mutter hinter mir.

Doch dann steuerten wir auf eine Rampe zu. Das Boot hielt kurz inne, irgendwas rastete ein, schon wurden wir gezogen.

»Was hast du uns bloß eingebrockt, Marie?«, rief mein Vater von hinten und meine Eltern lachten beide. Als sie verstummten, riefen die Jugendlichen im Boot vor uns wieder etwas, aber wir konnten sie nicht verstehen.

Steil aufwärts ging es durch den Metallstrebenwald. Unter uns wirkte das Gelände des Jahrmarkts schnell winzig, sogar die riesigen Totenköpfe auf der Fassade der Geisterbahn. Von ihren hohlen Augen hatte ich mich unten beobachtet gefühlt. Jetzt fuhren wir über die klapprige Wand hinweg, auf der sie aufgemalt waren, und sahen die leere Rückseite. Wie lächerlich!

Trotzdem hämmerte mein Herz. Immer weiter ging es nach oben. Wegsehen konnte ich auch nicht, ich musste doch wissen, wohin wir fuhren!

Die Öffnung eines Tunnels verschluckte uns. Augenblicklich wurde es stockduster, trotzdem wurden wir weiter bergauf gezogen. Hier drinnen hallte es, die Gruppe vor uns rief laut durcheinander.

»Hui«, sagte meine Mutter, tastete nach meiner Schulter und ließ die Hand dort. »Ganz schön hoch! Vielleicht besser, dass wir nichts mehr sehen.« Sie lachte, aber es klang nervös.

»Wir hätten dieses Riesending doch sehen müssen«, sagte mein Vater. »Schon von der Stadt aus! Ach was, von noch weiter weg! Eine optische Täuschung, oder was?«

Ich weiß nicht, wie lange wir im Dunkeln fuhren. Es schien sich endlos zu ziehen.

»Das soll jetzt aufhören«, sagte ich ein paar Mal leise.

»Gleich geschafft.« Meine Mutter tätschelte meine Schulter.

Irgendwann wurde es heller vor uns. Da hörten wir die Schreie. Dem Boot vor uns musste etwas passiert sein! Jemand war herausgestürzt und in die Tiefe …

»Na, dann geht's wohl endlich nach unten«, rief mein Vater. »Machen wir uns bereit!«

Aber das Gebrüll hielt an. Das Tunnelende näherte sich. Was erwartete uns da?

Jetzt kam auch noch ein starker Windzug dazu, der uns durch die Öffnung entgegenpfiff.

Panische Schreie von weit vor uns.

Wir fuhren ins Helle. Ich wollte nichts sehen, presste die Augen zu. Der Wind zerrte an meinen Haaren, meiner Kleidung.

Mein Vater brüllte irgendwas und war bei all dem Pfeifen kaum zu hören. Nur meine Mutter direkt hinter mir verstand ich. »Mein Gott! Festhalten, alle festhalten!«

Das Boot kippte nach vorn, ich verkrampfte. Aber es war nur die Rampe, die zu Ende war, wir fuhren jetzt in einem neuen Kanal geradeaus.

Ich öffnete die Augen nur einen Spalt.

Blauer Himmel über uns. Und weiße Wolken.

Aber die waren unten. Die Wolken waren unter uns! Wir fuhren darüber!

Wie konnte das sein? Es war nicht irgendeine billige Täuschung, wir waren *über den Wolken*!

Der Sturm war gnadenlos, peitschte das Wasser im Kanal auf. Aber es dauerte nicht lang. Bald kippte das Boot erneut nach vorn – und wir schossen bergab. Wieder presste ich die Augen zu. Und ich schrie. Wir alle schrien. Wahrscheinlich die ganze Zeit, bis es endlich vorbei war.

Es fühlte sich an, als würde das Boot einfach aus dem Himmel fallen. Wir würden sterben, das war mir klar.

Meine Hände verloren den Rand des Bootes. Ich wusste nicht mehr, ob wir noch darinsaßen, oder längst herausgefallen und in alle Winde verstreut waren.

Dann gab es einen Ruck. Der Sitz war wieder unter mir. Ich öffnete die Augen, obwohl ein Teil von mir das gar nicht wollte. Unser Boot sauste jetzt auf einer Rampe bergab – und mit einem gewaltigen Platscher mitten in ein Wasserbecken.

Es spritzte zu allen Seiten auf, ein eiskalter Schwall ergoss sich über uns, vor allem auf mich, der vorne saß. Doch das Boot fing sich.

Lautes Lachen wehte zu uns herüber. Woher kam das?

Meine Mutter hatte Wasser geschluckt und keuchte.

»Scheiße, scheiße!«, brüllte mein Vater und schlug auf das

Boot ein. »Was war das? Was für ein Mist geht hier vor sich? Wir wären fast verreckt!«

Mit dem Wasser stimmte etwas nicht. Es war rot!

Am Rand des Beckens trieben Teile eines anderen Bootes, als wäre es beim Aufprall zersplittert. Mein Magen drehte sich um. Ich heulte, meine Mutter hielt mich von hinten fest. Auch sie musste das Rot im Wasser gesehen haben. Die Wrackteile.

Wir trieben auf einen Kanal zu, der zurück zur Einstiegsstelle führte. Dort stand der Alte. Er war es, der sich kaputtlachte.

»Wo sind die anderen Leute?«, rief meine Mutter. »Die, die vor uns waren?«

Wir sahen uns hektisch um, aber es war niemand in der Nähe, weder im Wasser noch am Ufer.

Der Alte lachte immer noch.

Mein Vater tobte. »Was für eine kranke Show ziehen Sie hier ab? Sie bringen Menschen um, ist Ihnen das etwa egal?«

Der Mann am Ufer hörte abrupt auf zu lachen, zeigte mit dem Finger auf meinen Vater.

»Warum so ungehalten? Ich möchte wetten, das hat euch so sehr erfrischt, dass ihr es nie vergessen werdet! Jetzt aber raus hier!«

Bevor wir endlich langsamer wurden und aussteigen konnten, hatte er sich abgewandt und war verschwunden.

Mir war immer noch schlecht. Meine Beine zitterten und trugen mich kaum. Meinen Eltern ging es nicht viel besser, wir stützten uns gegenseitig.

Mein Vater fluchte die ganze Zeit vor sich hin. Nach dem

Aussteigen lief er am Bootsanleger hin und her, suchte nach dem Mann, aber es war niemand zu sehen. Es kamen auch keine Boote nach uns an.

Durch die gleiche Tür, durch die wir gekommen waren, gelangten wir zurück auf das Jahrmarktgelände. Viel mehr Besucher waren jetzt dort. Ein Stück weiter standen sie Schlange an einem Bonbonstand. Daneben spielte jemand Drehorgel, Kinder tanzten drumherum im Kreis.

Das war alles so unwirklich! Ich kam mir vor wie auf einem fremden Planeten.

Mein Vater öffnete erneut die Tür. Ich sah nur vorsichtig hindurch.

Dort war kein Gerüst mehr, keine Boote, kein Wasserkanal. Auch kein weißhaariger Kerl. Nur eine Theke, ein paar Gäste auf Barhockern. Dahinter eine junge Frau mit Cowboyhut, die uns strahlend entgegensah. »Immer hereinspaziert! Sie sehen aus, als könnten sie ein paar kühle Drinks gebrauchen! Was darf es denn sein?«

Über dem Tresen prangte ein Schriftzug. Blaue Buchstaben, hübsch verziert mit weißen Wellenkämmen.

ERFRISCHUNGEN

―――

*Eine unschöne Angewohnheit vieler Autor*innen: wenige Tage vor der Deadline einer Ausschreibung mit dem Schreiben anzufangen, wie mit dieser Geschichte im Juni 2022 geschehen. Ein Schnellschuss muss nicht zwangsläufig schlecht sein, aber hier hatte die Rohfassung einige Mängel, die vielleicht auch* *der Grund waren, warum sie nicht angenommen wurde. Erst im Januar 2023 konnte ich mir Zeit nehmen, den Text zusammen mit meinem Lektor zu überarbeiten, so dass er hier nun seinen Platz findet.*

Die Idee zur Story kam mir im Urlaub in den Alpen bei 35 Grad Hitze. Mir war wohl nach einer Erfrischung.

Unausweichlich

Ich weiß nicht, was über mich gekommen ist, schrieb Lidia in ihr Notizbuch. *Ist Wandern nicht etwas für Rentner? Warum trinke ich nicht Gin Tonic in einer Strandbar, statt mich von Müsliriegeln, Wasser und Instant-Kaffee zu ernähren?*

Sie nahm einen Schluck von der heißen, braunen Flüssigkeit und schrieb: *Ja, der Wald ist schön. Ich weiß bloß nicht, ob mir die Einsamkeit guttut.*

Auf ihrer letzten Etappe über den Mont Lozère war Lidia kaum ein Mensch begegnet. Der von Granitsäulen markierte Wanderweg hatte sie auf einen Gipfel geführt, wo sie sich vorgekommen war wie auf dem Mond.

Je länger ich unterwegs bin, schrieb Lidia, *desto mehr glaube ich, dass der Weg etwas für mich bereithält. Ich muss herausfinden, was es ist. Aber vielleicht sollte ich nicht allein weitergehen.*

Auf der Terrasse des Gîte, das sie zur Pause eingeladen hatte, unterhielten sich eine Frau und ein Mann auf Englisch, während sie ihre Sandwiches aßen. Lidia war es gewohnt, mühelos die Sprachen zu wechseln, und fragte die beiden, ob sie ebenfalls nach Florac unterwegs waren.

»Sorry«, sagte die Frau. »We're done for today. You take care!«

Zwei Stunden später erklomm Lidia den Pfad zum Signal de Bougès, der ihr noch abgelegener erschien als der Mont Lozère. Nur die rotweißen Markierungen bewiesen, dass ab und zu jemand in diese Wildnis vordrang, die sie an ihre Kindheit in den polnischen Bergen erinnerte. Selten dachte sie an diese Zeit zurück, alles hatte sich seitdem verändert. Sie lebte jetzt in einem anderen Land in der Großstadt und hatte vergessen, wie es war, allein im Wald zu sein.

War sie es jemals gewesen? Hatte sie nicht immer jemanden bei sich gehabt?

Doch, ihre Tante Agnieszka, mit der sie Brombeeren gesammelt hatte. Vielleicht auch mal eine ihrer Sandkastenfreundinnen.

In die Heimat hatte sie nie zurückkehren wollen. Stattdessen hatte es sie jetzt in die wohl einsamste Region Frankreichs verschlagen, ein paar Stunden Zugfahrt von ihrem neuen Zuhause Paris entfernt. Dort hatte sie alles stehen und liegen lassen; die Einsamkeit hatte sie zu sich befohlen.

Warum?

Trockene Kiefernnadeln und Kiesel knirschten unter ihren Füßen. Als Lidia aufsah, hielt sie inne. Etwa 20 Meter vor ihr stand jemand reglos am Wegesrand. Ein dunkler Umriss, zur Hälfte hinter einem Felsvorsprung verborgen. Die Gestalt schien darauf zu warten, dass Lidia zur ihr aufschloss; das Gesicht lag im Schatten. War der Blick auf sie gerichtet?

Die Silhouette wirkte dürr. Keine Wetterkleidung, keine Wanderstöcke, kein Rucksack. Bei diesem Anblick fühlte Lidia sich mit ihrem Gepäck und den müden Beinen wie leichte Beute.

Sie zwang sich, sich so normal wie möglich zu verhalten, schaute zu Boden und ging langsam weiter. Als sie den Kopf wieder hob, war niemand neben dem Felsen, der Pfad lag verlassen vor ihr.

Mit klopfendem Herzen blieb Lidia stehen. Was, wenn der Unbekannte ihr hinter der nächsten Kehre auflauerte? Sie hatte nichts, womit sie sich zur Wehr setzen konnte, nicht einmal ein Taschenmesser.

Leise stieß sie einen polnischen Fluch aus. Alle Instinkte sträubten sich gegen das Weitergehen. Besser umkehren und sich im Dorf einer Wandergruppe anschließen. Obwohl sie sich lächerlich vorkam, stieg sie den Weg wieder hinab, wobei sie sich mehrmals mit einem flauen Gefühl im Bauch umdrehte.

Bald darauf wurde sie langsamer, blieb schließlich stehen und sah sich um.

Nein, dies war nicht mehr der Pfad, über den sie hergekommen war. Längst hätte sie die asphaltierte Dorfstraße erreichen müssen, stattdessen war der Weg schmaler geworden und wieder angestiegen. Markierungen hatte sie seit geraumer Zeit keine gesehen.

Kalter Wind wehte auf einem Felsplateau hoch über dem Tal, sodass ihr schweißnasses Shirt sich wie eine Eisschicht auf der Haut anfühlte.

Was hatte sie hier überhaupt verloren? Niemand außer ihr stieg auf diesen verdammten Berg!

Außer ihr und dieser seltsamen Gestalt.

Lidia machte kehrt, um die Abzweigung zu finden, an der sie sich vertan haben musste. In einer Senke bemerkte sie, wie dunkel es geworden war. Sie musste sich beeilen, wollte sie nicht die Nacht im Wald verbringen.

Weiter oben bildeten zwei Kiefern rechts und links des Weges ein Portal. Und dort stand sie wieder, die Gestalt, schwarz und starr versperrte sie den Durchgang und wartete.

Lidias Knie wurden weich. Sie hielt sich am nächsten Baumstamm fest.

»Was wollen Sie von mir?«, fragte sie.

Die Person gab weder eine Antwort, noch rührte sie sich.

Es war schon zu dunkel, als dass Lidia das Gesicht hätte erkennen können. Dennoch spürte sie eine bedrohliche Ruhe, die von der kleinen, beinahe kindlichen Erscheinung ausging.

Lidia wich zurück. Als die Gestalt ihr nicht folgte, wandte sie sich ab und floh im Laufschritt. Alle paar Meter drehte sie sich um, doch ihr Verfolger war nicht mehr zu sehen.

Vielleicht, weil er ihr abseits des Pfades folgte, um ihr wieder den Weg abzuschneiden.

Ein Irrer, der es auf wehrlose Wandernde abgesehen hatte? Zugleich haftete ihm aber etwas Unwirkliches an, als sei er nur ein aufflackerndes Bild – eine Halluzination?

Aber sie war doch keine Spinnerin!

Nein, wenn sie diese Gestalt sah, dann gab es sie.

Die Nacht brach über das Tal herein, als Lidia wieder das Felsplateau erreichte. Mehrmals blickte sie sich um, doch sie war allein.

Mit zitternden Fingern griff sie nach ihrem Trinkbehälter. Es gelang ihr kaum, ihn aufzuschrauben. Sie kippte das Wasser hinunter und hoffte, dass es ihr Kraft geben würde.

Die Vorstellung, mehrere Stunden im Dunkeln allein im Wald zu verbringen, ließ Panik in ihr aufsteigen. Aber sie brachte es auch nicht fertig, erneut den Weg einzuschlagen, auf dem die Erscheinung ihr begegnet war. Also lief sie in entgegengesetzter Richtung über die felsige Ebene. Auf der anderen Seite türmten sich Granitblöcke auf, über die sie bergauf stieg.

Einen Fußpfad gab es nicht mehr, nur das Gestein.

Wie damals zu Hause. Sie hatten das Klettern geliebt, sie und ihre Freundin Dorota, die Nachbarstochter. Im Wald hatten sie Spaziergängern aufgelauert, sie mit unheimlichen Geräuschen erschreckt oder mit Eicheln nach ihnen geschmissen. »Das waren die Kobolde!«, hatten sie geschrien, wenn die Leute sich beschwert hatten.

Im fahlen Licht verschwammen die Konturen der Felsen. Lidia stieg steil bergan. Sie ignorierte, dass sie trotz des kalten Windes schwitzte und Seitenstechen bekam. Bald hatte sie nur noch eine Wand aus Stein vor sich, an der ihr nichts weiter übrigblieb, als zu klettern.

Sie bewegte sich wie ferngesteuert, etwas zog sie dort hinauf. Der Wind wehte ihr die Haare ins Gesicht, aber sie band sie nicht sie zusammen, brauchte längst beide Hände zum Klettern. Eine heftige Böe drohte sie aus dem Gleichgewicht zu bringen. Sie klammerte sich fest, dann sah sie hinab. Viel zu tief lagen die Baumwipfel als nachtschwarze Masse unter ihr.

Löste sich dort ein Umriss, um ihr zu folgen?

Sie musste weiter hinauf!

Ihr rechter Fuß trat auf lose Steine und rutschte weg. Im letzten Moment erhaschte sie einen Vorsprung. Sie atmete tief durch. Einen Augenblick wartete sie, bis ihre Knie aufhörten zu zittern. Sie tastete den mit Flechten überzogenen Felsen nach Ritzen zum Festhalten ab und setzte den Aufstieg fort.

Nach unten sah sie nicht mehr, sondern legte den Kopf in den Nacken. Über ihr zeichnete sich der gewölbte Umriss der Felsspitze gegen den Nachthimmel ab.

Was erwartete sie dort oben? Eine Falle, in die sie das Wesen aus dem Wald getrieben hatte?

Die Vorstellung lähmte Lidia. Aber die magnetische Kraft, die der Gipfel auf sie ausübte, siegte: Sie musste bis nach oben gelangen.

Der Wind pfiff um den Berg. Lidias Atem war flach, ihr Herz raste.

Endlich war Ende des Abhangs in greifbarer Nähe.

Jetzt bloß nicht in die Tiefe sehen! Von dem Anblick würde ihr schwindelig werden und sie würde abstürzen, mit dem Kopf aufschlagen und sterben.

War das die Vorahnung, die sie die ganze Zeit plagte?

Lidia wagte die zwei letzten Schritte und hatte es geschafft. Sie versuchte, ihren Atem zu beruhigen, und sah sich um. Die Ausmaße der abgeflachten Kuppe waren nicht zu erkennen. Der Wind wehte unaufhörlich und hatte die Wolkendecke aufgerissen. Weit unten schimmerten Baumkronen im Sternenlicht. Blättermassen wogten wie ein aufgewühltes Meer.

Lidia richtete sich auf. Nur wenige Meter entfernt von ihr kauerte etwas am Boden, schwärzer als die Umgebung. Als sich die Gestalt wie in Zeitlupe bewegte, wusste Lidia, dass es die Erscheinung vom Pfad war.

Wie auch immer sie vor ihr hinaufgelangt war, sie hatte die ganze Zeit auf sie gewartet.

Nur ihretwegen war sie hier.

Kaum ein Meter trennte Lidia vom Abgrund. Trotzdem wich sie ein Stück zurück. Das Wesen wandte sich ihr zu, noch halb gebückt, nicht mehr als ein Schemen. Langsam kam es auf sie zu, richtete sich weiter auf. Es streckte die dünnen Arme aus, spreizte die Finger – um nach ihr zu greifen? Oder sie in die Tiefe zu stoßen?

Diese schmächtigen Umrisse. Irgendwoher kannte sie die!

Verwirrt blieb Lidia stehen. »Wer bist du?«, flüsterte sie.

Keine Antwort.

Die Erscheinung blieb ein kindlicher Schatten ohne Einzelheiten.

Der Schatten drängte sie weiter Richtung Abgrund. Noch ein Schritt und sie würde fallen.

Für einen Moment gaben die Wolken den Mond frei. Lang fiel das Haar über diese schmalen Schultern. Ein junges Mädchen? Doch Lidia konnte das Gesicht noch immer nicht erkennen.

Wieder hinabklettern? Das Wesen ließ ihr keine andere Wahl.

Da hob es den Kopf.

Es hatte kein Gesicht! Umrahmt vom schwarzen Haar war ... nichts.

Vor Schreck trat Lidia zurück – und ins Leere. Sie ruderte mit den Armen und fiel.

✧

Das gesichtslose Mädchen beugte sich über den Rand des Felsens. Plötzlich hatte Lidia Mitleid mit ihr.

Sie wollte das nicht. Sie hat sich wahnsinnig erschrocken und weiß jetzt, dass etwas sehr Schlimmes passiert ist. Gerne würde sie es ungeschehen machen, mir die Hand reichen und mich hochziehen, sich entschuldigen und alles wäre wieder gut.

In dem Augenblick, bevor ihr Körper aufschlug, war es, als säße Lidia selbst wieder oben auf dem Gipfel, einem anderen diesmal, einem Felsen im Wald ihrer Kindheit.

Ihr verheultes Gesicht hatte geglüht vor Zorn.

»Warum bist du immer so?«, hatte sie geschrien. Heute wusste sie nicht mehr, was sie damit gemeint hatte. Dorota hatte trotzig ihr Kinn vorgestreckt und mit ihrer gespielten Erwachsenenstimme gesagt: »Dein dummes Theater geht mir auf die Nerven. Ich gehe allein nach Hause und will nichts mehr mit dir zu tun haben.«

Da war Lidia ausgerastet.

Ja, sie wusste, wie es war, jemanden in den Tod stürzen zu sehen.

Sie war es, die dort oben saß. Dorota war es, die fiel.

So lange hatte Lidia diese Bilder vergessen. Erst jetzt kam alles zurück: Dorotas verständnisloses Gesicht, das sich so schnell von ihr entfernte. Ihr Schrei. Und dann das Schlimmste von allem, der Aufprall! Ein so schreckliches Geräusch, verursacht durch den Körper der Freundin. Das durfte nicht sein. Und doch war es geschehen.

Dorota lag reglos da unten, ihre Augen starrten ins Leere.

Lidia schlug auf dem Felsen auf. Ihr Kopf fiel zur Seite.

Und da war sie: Dorota. Ihre Freundin lag neben ihr und sah sie an, als hätte sie sie längst erwartet.

Der Ursprung für diese Geschichte liegt in meinem 2021 veröffentlichten Roman Pfad ins Dunkel. *Auch dort stoßen den Figuren während einer langen Wanderung unheimliche Dinge zu. Das Manuskript habe ich mehrmals stark überarbeitet, ganze Kapitel wurden gestrichen. Ein solches „Outtake" aus dem Manuskript ist die Szene mit der dunklen Gestalt auf dem Felsen am Ende von* Unausweichlich. *Weil ich die Passage so eindringlich fand und nicht ungenutzt lassen wollte, habe ich sie neu ausgeschmückt und eine eigenständige Geschichte daraus gemacht.*

Die Kapsel

Es ist längst Nacht, als sie nach Hause fahren. Auf der Rückbank sitzt der Junge, abgeschirmt von den Scheinwerfern der anderen Autos wie in einem dunklen Versteck. Obwohl die warme Heizungsluft bis nach hinten strömt, friert er ein bisschen und kuschelt sich in seine Jacke.

Seine Eltern sprechen vorne nicht viel, aber das stört ihn nicht. Er ist kaputt vom Toben mit seinem Cousin, die Eltern sind erschöpft vom Reden mit seiner Tante. Also hört der Junge dem Autoradio zu. Es spielt die Schlager, die er schon gut kennt. Gitte Haenning singt ein trauriges Lied. Seine Hand wird in der Jackentasche langsam wärmer und umschließt die Kräuterbonbons, die seine Tante ihm im Winter jedes Mal zusteckt. Eines wird er wie immer noch während der Fahrt auswickeln und essen.

Auf all das hat er sich gefreut. Die Fahrt sollte am besten gar nicht aufhören. Die Rückbank ist gemütlich wie ein zweites, kleines Zuhause. Und doch ist es ein Abenteuer, durch die Nacht zu gleiten, eine lange Strecke auf Straßen zurücklegen, die sie zu Fuß niemals erreichen würden – als liefe direkt vor seiner Nase ein spannender Film. Zuhause wäre er beim Filmegucken um diese Zeit längst ermahnt worden, ins Bett zu gehen.

Die Fenster beschlagen am Rand. Hinter den Scheiben ziehen schemenhaft Bäume vorbei und feine graue Linien, die sich heben und senken. Das sind die Stromleitungen vor dem Nachthimmel. Wenn er ihnen länger mit dem Blick folgt, macht ihn das schläfrig. Weil es hier auf den Landstraßen wenige Laternen gibt, sind die hellen Punkte der Sterne gut zu erkennen.

Für eine Weile gibt es keine Musik, nur die monotone Stimme aus den Nachrichten. Dann das Piepen des Verkehrsfunks, das er sonst hasst, wenn es die Musik unterbricht. Jetzt freut er sich darüber, weil es das Ende der Nachrichten bedeutet.

»Schläfst du schon?«, fragt seine Mutter.

»Nee«, sagt der Junge und grinst.

Sie fragt das jedes Mal, wenn sie abends unterwegs sind. Dabei schläft er doch nie, weil er nichts von der Fahrt verpassen will.

»Weißt du doch, Mama.«

Die Musik fängt wieder an, Udo Jürgens singt über Paris.

Vor dem Fenster ziehen Häuser vorbei, immer größere.

Die vielen, kleinen Rechtecke darin sind mal schwarz, mal erleuchtet. Es muss sich so anders anfühlen, in einer kleinen Kammer an einer großen Straße zu wohnen.

Die Laternen werden höher und heller. Jetzt kommt der schönste Teil der Fahrt.

Breit wie eine Autobahn wird die Straße. Sie hebt sich im weiten Bogen dem Nachthimmel entgegen, bis er die Häuser gar nicht mehr sieht. Da sind nur noch die Laternen, die er besonders mag. Ihre kleinen, orangefarbenen Lichter bilden Kreise, sodass sie aussehen wie Raumschiffe. Wo der Junge wohnt, weit weg von der großen Stadt, gibt es solche Laternen nicht. Ihr Licht ist warm und doch hell. Obwohl es in den Augen schmerzt, sieht der Junge direkt hinein.

Es gibt nur noch das Auto, die Musik, die Nacht und die strahlenden Ringe. Er wünscht sich, sie würden auf diesen Straßen immer wieder im Kreis fahren.

Nach der langen Kurve geht es wieder bergab. Er reckt den Kopf, drückt die Nase an die Scheibe und hält die Luft an, damit das Glas nicht beschlägt. Mehr Lichter tauchen auf, so weit man sehen kann, orangene und gelbe, in langen Reihen. Seine Eltern haben ihm erklärt: Hier ist der Hafen. Der Junge kann sich nicht vorstellen, warum ein Hafen derart riesig ist, unendlich wie das Meer selbst. Und er ist ein Teil dieser Stadt, die ihr Auto jedes Mal nur durchquert.

Seine Eltern interessieren sich nicht für die Stadt. Als wäre sie eine fremde Welt, in die sie nicht gehören. Alle ihre Verwandten und Freunde wohnen auch nicht an Straßen wie diesen. Man wohnt dort, wo es nachts dunkel ist. Aber der Junge kann sich nicht an den Lichtern sattsehen.

Er denkt daran, wie sie einmal abends an einem Flughafen gewesen waren, um die Großeltern abzuholen. Auch das war so eine andere Welt gewesen – größer, heller, aufregender.

Er packt eines der klebrigen Bonbons aus und schiebt es in den Mund. Die herbe Süße breitet sich darin aus, während draußen ein Fabrikklotz vorbeizieht.

»Da kommt der Kaffee her, riechst du ihn?«, fragt die Mutter.

»M-hm«, macht der Junge. Mit dem Lutschbonbon im Mund ist das Sprechen nicht einfach, aber er hat auch nicht mehr zu sagen.

Wie bei jeder Fahrt ziehen die Lichter zu schnell vorbei.

Könnten seine Eltern nicht einen Umweg fahren? Wollen sie nicht auch mehr davon sehen?

Aber der Junge weiß, dass man nicht einfach in der Gegend herumfährt, weil einem Laternen gefallen. Man fährt nach Hause.

Die Stimme eines anderen Sängers erklingt aus dem Radio, laut und kratzig. Sie singt über eine Frau, die Natalie heißt. Der Vater trommelt auf dem Steuer. Weil er weiß, dass der Vater das Lied mag, freut sich der Junge, dass sie es gemeinsam hören.

»Wer singt das nochmal?«, fragt er.

Die Mutter schaut den Vater fragend an und nennt einen Namen, den der Junge schon gehört hat, der aber komisch klingt – Französisch, glaubt er.

Im Rückspiegel sieht der Junge, dass der Vater nickt, ohne den Blick von der Straße zu nehmen. Das Trommeln auf dem Lenkrad geht weiter.

Draußen ziehen mehr große Häuser vorbei, aber die Raumschiff-Laternen haben der Nacht wieder Platz gemacht. Bald werden die Straßen und Häuser ihres Dorfes auftauchen, die sie fast jeden Tag sehen.

Zuhause warten sein Zimmer, sein Bett, die Bücher und Hörspiele. Das ist alles schon in Ordnung, aber er sieht es ja immerzu.

Jetzt klackert der Blinker, aber nicht im Takt der Musik.

Die Stimme, bei der er nicht erkennt, ob sie einer Frau oder einem Mann gehört, singt auf Englisch über Afrika.

Der Vater gähnt am Steuer.

Das Auto biegt von der breiten Straße in die Dunkelheit ab.

Herausgeberin Magret Kindermann suchte Texte aus dem Genre Slice of Life –
Alltagsszenen ohne klassischen Plot und Spannungsbogen. Das fand ich inte-
ressant, weil ich selbst gerne Geschichten lese, die Figuren auch in vermeintlich
unspektakulären Momenten zeigen, statt nur von einem Plottwist zum nächsten
zu hetzen. (Sogar Thriller dürfen sich gerne Zeit dafür nehmen!) So entstand
2021 die Anthologie damit, *in der auch* Die Kapsel *enthalten ist.*

Die Klagesteine

Visbek im südlichen Großherzogtum Oldenburg, 1829

Schauen Sie sich das an, Herr Pfarrer!« Ferdinand Harms zeigte auf die matschigen Furchen im Boden. »Dass die Leute sich nie an den Weg halten können! Dabei wollen wir genau da, wo die Rinne ist, den Kohl anbauen!«

Pfarrer Ahrendt nickte stumm.

»Mein Vater war immer zu großzügig mit den Nachbarn.«

»Ja. Er war ein sehr gütiger Mann.«

»Manchmal *zu* gütig. Aber diese Abkürzung über unseren Hof wird es bald nicht mehr geben.«

»Tatsächlich? Nun, da werden sich die Struckmanns umgewöhnen müssen.« Der Pfarrer lachte heiser.

Ferdinand grinste. »Höchste Zeit!«

Pfarrer Ahrendt ließ den Blick über Wohnhaus und Scheunen der Familie Harms schweifen, dann sah er Ferdinand an. »Es gäbe eine Lösung. Ich hatte mit deinem Vater schon darüber gesprochen, aber er hatte wohl andere Dinge im Kopf. Zugegeben, es wäre aufwändig. Aber es würde eurem Hof zu neuem Glanz verhelfen!«

»Was meinen Sie?«

»Die großen Steine aus der Heide drüben. Weißt du, von welchen ich spreche?«

Ferdinand nickte.

»Vor sehr langer Zeit waren es Grabsteine. Heute liegen sie nutzlos in der Landschaft.«

»Grabsteine? Ich weiß ja nicht, ob ...«

»Oh, das waren niemals christliche Gräber! Sie stammen aus anderen Zeiten. Und die Menschen, die darin lagen, sind längst vergessen.«

»Diese riesigen Dinger sollen wir herschaffen?«

»Frag Steinhauer Thede! Die sind tüchtig, er und seine Männer. Haben auch bei der neuen Friedhofsmauer geholfen. Die dicksten Blöcke zerteilen sie einfach. Mit Hilfe von denen und euren kräftigen Ochsen hast du hier nach ein paar Tagen Plackerei eine prächtige Hofbegrenzung. Das wäre einmalig! Ein guter Einstand für dich, jetzt wo du den Hof übernommen hast!«

Ferdinand nickte. Er sah die Reihe stattlicher Steine neben dem Dorfweg bereits vor sich. »Sie haben Recht, Herr Pfarrer. Das wäre es!«

Kurz darauf kam Ferdinand zu der Weggabelung, an der er sonst immer links in Richtung Furt abbog, von wo aus er ins nächste Dorf gelangte. Der Weg rechts war fast überwuchert, denn er führte nirgendwo hin – nur in die Heide und zu den Steinen. Es musste Jahre her sein, dass er sie zum letzten Mal gesehen hatte.

Es war ein warmer, windstiller Sommerabend. Das diffuse Licht der tiefstehenden Sonne schaffte es gerade noch über die alten Birken hinweg. Wie schlafende graue Riesen lagen sie da, die Steine. Je länger Ferdinand hinsah, desto mehr entdeckte er. Manche bildeten Grüppchen auf den Hügeln. Andere warfen lange Schatten am Wegesrand.

Ferdinand schritt an ihnen vorbei. Alle waren ungefähr so breit wie hoch, reichten ihm bis zur Hüfte oder mindestens zum Knie.

Pfarrer Ahrendt hatte recht: Die Kolosse lagen nutzlos hier herum. Der Weg war breit genug für die Ochsen und es war nicht weit zu seinem Hof. Dort hätten die Steine eine echte Aufgabe. Das Dorf würde staunen! Am besten sollte es morgen schon losgehen.

Die Sonne verschwand hinter den Baumkronen. Sofort wurde es kühler und die Konturen der Landschaft lösten sich auf. Der Weg war im grauen Heidegestrüpp kaum mehr zu erkennen.

Ferdinand drehte sich so, dass er die untergehende Sonne im Rücken hatte, und machte sich auf den Rückweg. Die Richtung konnte nicht völlig falsch sein. Aber immer wieder musste er den Steinen ausweichen. Waren es wirklich so viele gewesen?

Bald war kaum mehr Sand unter seinen Füßen, ein Stein folgte auf den anderen. Sie türmten sich auf, erst zwei übereinander, dann sogar drei. Ferdinand kletterte, kraxelte, sprang. Fehlte nur noch, dass er sich hier in der Einsamkeit den Knöchel brach. Sein Herz klopfte hart und sein Atem ging schneller, nicht nur wegen des Kletterns. Immer wieder prüfte er, ob die Richtung noch stimmte.

Die Zeit, bis er endlich die vertraute Weggabelung erreichte, kam Ferdinand sehr lang vor. Fast hätte er die Kreuzung nicht erkannt, weil es schon so dunkel geworden war. Doch von hier kannte er den Weg nach Hause im Schlaf.

Jetzt schämte er sich für seine Angst. Er war doch zwischen all den Steinen bloß vom Weg abgekommen!

Nicht nur, dass sie nutzlos dort herumlagen – sie waren hinderlich.

Zeit, dass jemand dort Ordnung hineinbrachte.

Vom Steinhauer Thede und seinen Gesellen hatte der Pfarrer nicht zu viel versprochen. Bald darauf begleiteten sie Ferdinand in die Heide und machten sich mit ihren Keilen ans Werk. Die Steinriesen spalteten sie so, dass diese zwar stattlich blieben, aber mit vereinten Kräften bewegt werden konnten. Sie von den Ochsen zum Hof ziehen zu lassen, war der leichteste Teil der Aufgabe.

Nach wenigen Tagen war mehr als die Hälfte der Begrenzung geschafft. Nachbarn nickten anerkennend, wenn sie am Hof der Harms vorbeikamen. Beschwerden gab es keine. Doch als Ferdinand gerade auf einem der Steine saß und eine Pause einlegte, sagte eine Frauenstimme: »Ich kenne diese Steine.«

Ferdinand sah auf. Jemand war zwischen ihn und die Sonne getreten, er sah nur einen dunklen Umriss.

»Du wirst keine Freude an ihnen haben.«

»Wie kommen Sie darauf?« Noch immer wusste Ferdinand nicht, wer da mit ihm sprach.

»Sie gehören nicht hierher.« Die Gestalt trat zur Seite. Erst jetzt erkannte er Frau Holthusen, die mit Mann und Tochter am anderen Ende des Dorfes lebte und sonst nie viel sprach. Bevor er weitere Fragen stellen konnte, sagte sie leise »Ich wünsche dir alles Gute« und ging weiter.

Bald darauf war es geschafft. Die erwachsenen Söhne der Brünings vom Nachbarhof packten beim letzten Stein mit an, damit die Grenze auch dort endete, wo sie sollte – vor ihren eigenen Brombeerbüschen. Zur Feier der getanen Arbeit lud Familie Harms das ganze Dorf ein. An einer langen Tafel saßen sie den ganzen Tag gesellig beisammen. Mit reichlich Bier stießen alle auf Ferdinand und sein Werk an. Kinder schmückten die Steine mit Blumen. Auch die Holthusens waren gekommen. Aber von der Mutter vernahm Ferdinand kein Wort mehr, sie sah ihn nicht einmal an.

Am Abend fiel Ferdinand selbst wie ein Stein ins Bett und schlief sofort ein. Mehrmals wurde er in dieser Nacht wach, wobei sich alles um ihn drehte, bis er das Gefühl hatte, in einen Abgrund zu stürzen. Einmal stand er auf, konnte sich aber kaum auf den Beinen halten. Er öffnete das Fenster, lehnte sich nach draußen und übergab sich.

Vom Fenster aus konnte er die Steine im Mondlicht gut sehen. Auf dem Boden davor leuchteten helle Punkte. Ferdinand brauchte einen Moment, um zu erkennen, was diese Flecken waren: Sämtliche Blüten, mit denen die Kinder die Steinriesen geschmückt hatten, waren heruntergefallen.

Ferdinand ließ das Fenster offen, in der Hoffnung, die frische Luft würde ihm guttun, und legte sich wieder ins Bett. Die Übelkeit ließ nach und hinterließ einen stechenden Schmerz in der Schläfe. Darum hielt Ferdinand auch das Geräusch erst für Einbildung. Aber je länger er hinhörte, desto deutlicher wurde es: ein leises Wimmern. Die Stimme einer Frau oder eines Kindes, irgendwo draußen. Bald war sie so laut, dass an Schlaf nicht mehr zu denken war.

Ferdinand trat zum Fenster. »Hallo? Ist da jemand?«

Keine Antwort.

Aber das Wimmern ließ nicht nach.

Er schlüpfte in seine Schuhe und warf sich den Mantel über. Draußen lief er kreuz und quer über den Hof, bis er begriff, dass das Geräusch vom Weg kommen musste.

Dort war es nicht mehr zu überhören. Mehrere Stimmen waren es jetzt, die mal flüsterten, mal schluchzten und heulten.

»Wo seid ihr?«, rief eine. Manche riefen irgendwelche Namen. »Wo sind wir?«, raunten andere.

Aber wo kamen die Stimmen her? Auf dem Weg war niemand, auf dem Hof auch nicht.

Am Horizont wurde es hell. Ferdinand ging ein Stück den Weg hinauf, suchte das Gebüsch ab – nichts. Hier wurden die Stimmen leiser. Zurück bei der Hofeinfahrt waren sie laut wie nie zuvor. Aber es war doch niemand hier!

Er lief ins Haus, weckte seine Mutter, die beiden Schwestern, sogar den alten Großvater. Sie mussten doch hören, was er hörte!

Als sie endlich alle angezogen auf dem Hof standen, war es Tag geworden. Außer Vogelgezwitscher war kein Geräusch mehr zu hören.

Der Großvater klopfte ihm auf den Rücken. »Hast es wohl ein bisschen übertrieben mit dem Bier gestern!«

»Aber ich bin doch kein Spinner!«

Johanne und Marthe, Ferdinands Schwestern, lachten laut. Dann ließen sie ihn alle stehen.

Es hatte nicht am Bier gelegen. Am nächsten Morgen in der Dämmerung begann das Wimmern erneut. Noch im Halbschlaf stolperte Ferdinand nach draußen.

»Wo sind wir? Wo sind sie?« Stimmen ohne Körper, die klagten und heulten. Er bekam Gänsehaut.

Am Wegesrand waren sie wieder am lautesten. Bei den Steinen.

Sie gehören nicht hierher, hatte die Holthusen gesagt.

Ferdinand lief zurück ins Haus, hörte sie selbst bei verschlossener Tür. Er hielt sich die Ohren zu und hörte sie trotzdem. Nicht mehr lange und er würde den Verstand verlieren!

Die Hände auf die Ohren gepresst, trat er ans Fenster – und erstarrte.

Die Steine! Sie *bewegten* sich!

Sie wuchsen, bekamen Beulen, als wäre etwas in ihnen gefangen. Sie streckten sich, schienen am Boden zu kriechen und ...

Mein Gott, wie konnte das sein? Sie näherten sich dem Haus!

Bei dem Anblick vergaß Ferdinand das Geheul und nahm die Hände von den Ohren.

»Warum sind wir hier?«, jammerten sie. »Wo? Was ist dieser Ort? Warum?«

»Hört auf, hört doch auf!«, schrie Ferdinand dagegen an und lief los, um wieder die Familie zu wecken. Doch seine Mutter und die Schwestern waren schon aus ihren Zimmern, mit zerwühlten Haaren, die Augen kaum geöffnet.

»Was schreist du so herum?«, fragte Marthe.

»Da draußen! Seht es euch doch an!«

Die Mutter ging ans Fenster. Die Stimmen von draußen waren verstummt. Ferdinand trat zu ihr. Tatsächlich: Alles sah völlig normal aus.

Das konnte doch nicht sein! Was wurde hier gespielt?

»Die Steine!«, rief Ferdinand. »Etwas stimmt mit ihnen nicht! Sie sind ... besessen!« Alle sahen ihn mit großen Augen an. Johanne schien kurz vor dem Weinen zu sein – vermutlich aus Angst davor, dass der Bruder nicht mehr wusste, was Traum und was Wirklichkeit war.

Die Mutter legte Ferdinand eine Hand auf die Wange. »Mein lieber Junge. Ich weiß nicht, was los ist. Du musst überanstrengt sein. Bitte leg dich wieder schlafen.«

Der mitleidige Ton machte Ferdinand wütend. »Ich bilde mir das doch nicht ein!«

Es hatte keinen Sinn, auf sie einzureden. Aber er konnte es auch nicht auf sich beruhen lassen. Sicher würde dasselbe wieder geschehen, jeden Morgen aufs Neue.

Was würde aus den Steinen dann werden? Wozu waren sie fähig?

Diesmal war er es, der die Familie stehen ließ.

Er lief nach draußen und ins Dorf.

Frau Holthusen kam mit einem Korb am Arm aus einem Stall und erschrak, als sie Ferdinand sah.

»Reden Sie mit mir!«

Sie hielt nicht inne, wollte zum Haus.

»Bitte!«, rief Ferdinand.

Erst jetzt blieb sie stehen. »Ich weiß nicht, ob ...«

»Ich weiß, dass mit den Steinen etwas nicht stimmt! Und ich werde nicht gehen, bevor Sie mir verraten, was das ist!«

Frau Holthusen sah zum Fenster, wollte offensichtlich nicht von ihrer Familie mit Ferdinand gesehen werden.

»Ist ja gut. Aber brüllen Sie hier nicht herum.«

Sie ergriff Ferdinands Arm, führte ihn zur Rückseite des Stalles.

»Was ist passiert?«, fragte sie.

Ferdinand berichtete stockend. Frau Holthusen verzog keine Miene, nicht einmal, als er erzählte, wie die Steine gekrochen waren.

»Ich habe es dir gesagt«, sagte sie kühl, als er schließlich schwieg. »Sie gehören nicht auf deinen Hof. Sondern dorthin, wo sie immer waren, seit sie zu Stein wurden.«

»Wer ... oder was ... sind sie?«

»Sie sind eine Familie. Sicher habt ihr Steine zurückgelassen und nicht alle zu eurem Hof gebracht?«

Ferdinand nickte langsam.

»Siehst du? Das war ein Frevel! Es ist nicht nur der Ort, von dem ihr sie weggeholt habt. Vor allem möchten sie *zusammen sein.*«

»Sie glauben, es sind tatsächlich Menschen, die versteinert sind? Wie? Und warum?«

»Meine Großeltern haben mir die Geschichte erzählt, als ich ein Kind war. Ich hatte sie vergessen, bis ich sah, was du anstellst. Es heißt, es geschah am Tag einer Hochzeit. Die Familie der Braut war versammelt, Nachbarn, alle Freunde. Doch der Braut graute es vor diesem Tag. Sie konnte ihn nicht ausstehen, den Mann, den sie heiraten sollte. Aber das interessierte niemanden. Kurz bevor sie zu ihrem Bräutigam geführt werden sollte, sagte sie: ›Lieber will ich zu Stein werden als die Frau dieses Mannes!‹ Und so kam es. Aber weil ihr Wille so stark war, übertrug sich ihr Wunsch auf alle anwesenden Verwandten und Freunde. So sind sie bis heute versammelt und werden es immer sein. Das gemeinsame Schicksal hat die Familienbande umso stärker werden lassen. Du hast gesehen: Man kann sie nicht trennen!«

Für einige Augenblicke schwieg Ferdinand. Dann fiel ihm etwas ein. »Meine Güte. Und wir haben die Steine gespalten, zerschlagen ...«

»Das ist es nicht. Ihre Körper gibt es nicht mehr. Aber ihre Seelen sind in diesen Steinen gefangen. Ihr habt die Familie zerteilt, das ist viel schlimmer!«

Noch am selben Tag begann Ferdinand damit, die Steine mit Hilfe der Ochsen zurückzubringen. Stundenlang ackerte er unermüdlich. Als seine Nachbarn verstanden, dass er nicht aufhören würde, bis alle Steine an ihrem angestammten Ort wären, er sich damit allein aber umbringen würde, halfen sie ihm.

»Es war ein riesiger Fehler, es tut mir leid«, wiederholte er immer wieder. Weitere Erklärungen aber ließ er sich nicht entlocken.

In der Heide war gut zu erkennen, wo die grauen Riesen gelegen hatten. Sehr genau achtete Ferdinand darauf, keinen der zerteilten Steine allein irgendwo liegen zu lassen.

Seine Familie machte sich wahnsinnige Sorgen um seinen Zustand. Doch als sie sahen, wie erleichtert Ferdinand war, als alles geschafft war, atmete sie ebenfalls auf.

Als neue Begrenzung des Hofes pflanzten sie gemeinsam Büsche, die Ferdinand fortan mindestens so gut hegte wie seine Tiere.

Manchmal zog es ihn abends nach der Arbeit in die Heide, wo er lange zwischen den Steinen umherlief, den einen oder anderen berührte. Fast hoffte er, noch einmal ihre Stimmen zu hören. Vielleicht würden sie sich bei ihm bedanken, dass er sie wieder vereint hatte. Doch nichts dergleichen geschah. Die Steine ruhten fortan in Frieden.

———

Ein Verlag suchte Geschichten über verrufene Orte, das gab den Anstoß für Die Klagesteine. *An lokale Sagen oder historische Stoffe denke ich selten, wenn ich Inspiration suche. Aber da mir diese Geschichte beim Schreiben viel Spaß gemacht hat, wird sich das vielleicht in Zukunft ändern.*

Danksagung

Ich bedanke mich wie immer bei François für die Gestaltung des Einbandes und die tolle Unterstützung in meinem Autorenleben ganz allgemein.

Vielen Dank auch an meinen Lektor Elyseo für die zuverlässige Zusammenarbeit und die unzähligen guten Anregungen, sowie an Cathy für die schöne Gestaltung des Buchblocks. Ich freue mich, dass ihr nach meinem Roman *Pfad ins Dunkel* jetzt auch das erste Mal bei einem Erzählband von mir mitgewirkt habt.

Ich danke außerdem allen lieben Menschen in meinem Umfeld, die mein Autorendasein unterstützen, zum Beispiel indem sie hin und wieder neue Geschichten testlesen, oder sich einfach nur immer wieder erkundigen, was es Neues gibt.

Und nicht zuletzt danke ich allen, die meine und andere (Indie-)Bücher kaufen, lesen, rezensieren und weiterempfehlen!

Michael Leuchtenberger

Michael Leuchtenberger

CASPARS SCHATTEN

ein geisterhafter Thriller

Eine Einladung wie aus dem Nichts.
Ein Wiedersehen mit einem exzentrischen Jugendfreund.
Für David und Miriam beginnt mit dem eigentlich erfreulichen Anlass ein Albtraum. Caspar ist überzeugt, einen Bund mit unsichtbaren Mächten geschlossen zu haben. Zu spät erkennen die Geschwister, wozu ihr alter Gefährte fähig ist ...

»Ein wohliges Gruseln, Unbehagen und das Gefühl permanenter Bedrohung stellen sich beim Lesen ein. (...) Die Bedrohung ist stets vorhanden, verdeckt von einem dünnen Schleier Normalität, unter dem es brodelt.«
PHANTASTIK-COUCH.DE

»Die Atmosphäre wird von Seite zu Seite dichter, der Autor schafft es, den Leser langsam aber sicher in wildere Fahrwasser zu lenken. Ehe man sich versieht, steckt man mittendrin in einer ganz außergewöhnlichen Geschichte.«
DIE FABELHAFTE WELT DER BÜCHER

ISBN: 978-3-7528-4245-6
Verlag: BoD – Books on Demand

CASPARS

— THRILLER —

SCHATTEN

MICHAEL
LEUCHTENBERGER

Michael Leuchtenberger

DERRIÈRE LA PORTE

elf sonderbare Kurzgeschichten

Führt eine Tür in die Freiheit oder ins Verderben?
Schützt sie dich vor dem, was hinter ihr liegt?
Oder ist sie die Chance, es endlich zu erreichen?

Mit *Derrière La Porte* veröffentlicht Michael Leuchtenberger
erstmals einen Sammelband eigener, größtenteils bislang
unveröffentlichter Kurzgeschichten, von denen eine –
Lampionfest – bereits preisgekrönt ist. Die Sammlung deckt
unterschiedliche Genres ab, doch ähnlich wie in seinem
Debütroman bildet leiser Horror einen Schwerpunkt.
Eine unheimliche, bedrohliche Grundstimmung macht sich
nahezu überall bemerkbar.

»eine feine Story-Sammlung im Wundertüten-Gewand«
PHANTASTIK-COUCH.DE

ISBN: 978-3-7504-0164-8
Verlag: BoD – Books on Demand

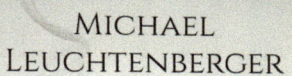

Michael
Leuchtenberger

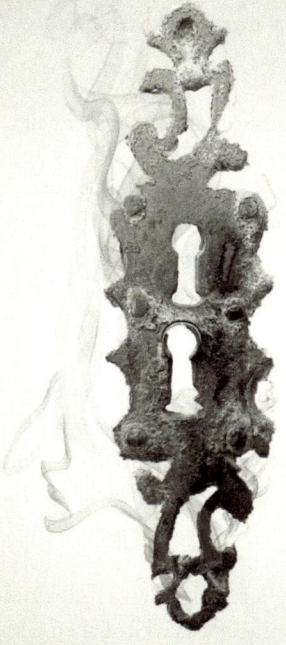

DERRIÈRE LA PORTE
ELF SONDERBARE KURZGESCHICHTEN

Michael Leuchtenberger

PFAD INS DUNKEL

der Folgeroman zu *Caspars Schatten*

Die Wildnis ist nicht auf deiner Seite.

Dank seiner übersinnlichen Begabung wurde Caspar zum
Anführer einer Geheimgesellschaft. Doch nach bitteren
Rückschlägen fühlt er sich machtlos. Um zu alter Stärke
zurückzufinden, begibt er sich auf eine Wanderung auf
dem Appalachian Trail.

Auf dem gleichen Weg begegnen sich Elisabeth, Mona und
Ove, die auf den ersten Blick wenig miteinander verbindet.
Als sie auf Caspar treffen, wird aus ihrer gemeinsamen Reise
ein surrealer Trip, auf dem sie schließlich ums nackte Überleben kämpfen ...

»Ein faszinierender Trip in die Natur, mit einer unglaub-
lichen Atmosphäre und außergewöhnlichen Charakteren.«
MATOMS BÜCHERWELT

ISBN: 978-3-7543-0777-9
Verlag: BoD – Books on Demand

MICHAEL LEUCHTENBERGER

Pfad ins Dunkel

FORTSETZUNG VON
"CASPARS SCHATTEN"

THRILLER

Trigger-Hinweise

Dieses Buch enthält fiktive Schilderungen von Erlebnissen, die ggf. Auslösereize bei Betroffenen sein können. Die folgende Liste wurde gewissenhaft erstellt, jedoch kann keine Garantie für Vollständigkeit übernommen werden.

Wo ist Lex? – enge Räume, Blut, Tod

Exponat 55a – eingesperrt sein, Tod

Wildwasser – große Höhe, Blut

Unausweichlich – große Höhe, Tod

Die Klagesteine – Übelkeit und Erbrechen

Die Geschichten zeigen auf der ersten Seite den Hinweis: TH